光文社文庫

文庫書下ろし

ちびねこ亭の思い出ごはん

からす猫とホットチョコレート

高橋由太

KOBUNSHA

JN030959

光　文　社

この作品は光文社文庫のために書下ろされました。

目次

おばあちゃん猫と夏みかんジャム

君津市《きみつ》／はちみつ工房

五感ではちみつとミード（蜂蜜酒）の美味《おい》しさや魅力を楽しむということが、はちみつ工房のコンセプトです。

はちみつをお買い求めいただくだけでなく、ミツバチの生態観察・遠心分離機を用いたはちみつ採取・ミード工場の見学・はちみつやミードの試飲食をお楽しみいただける見学ツアーもご用意しております。

普段見ることができないミツバチの営みや、はちみつの生産現場を、小さなお子様でもお楽しみいただけるよう、アテンダントがわかりやすくご案内いたします。

（中略）

今では新婚旅行という意味で用いられている「honey moon」は、ミードが語源と言い伝えられており、はちみつ工房は、そんなミードの醸造所が併設されている、日本唯一の観光施設です。

千葉県公式観光物産サイト「まるごとe！ちば」より

田村勇気《たむらゆうき》は、自分の名前が嫌いだ。幼稚園のときから、ずっと嫌いだった。古くさいだけなら我慢もできるが、勇気なんてないのに死ぬまでこの名前なのかと思うと、うんざりする。

お母さんのお父さん——母方のおじいちゃんが付けたというが、文句を言いたかった。でもそれは無理だ。その人は勇気が赤ん坊のときに死んでいて、もう文句を言うことはできない。古くさくて迷惑な名前だけが残った。

「男の子らしい立派な名前よ」

そんなふうに親戚のおばさんに言われたことがあるけど、勇気本人は男の子らしくも立派でもなかった。真逆《まぎやく》だ。負け組の駄目人間だった。名前だけじゃなく自分自身のことも嫌いだった。

もうすぐ中学生になる。小学校低学年のときから、私立中学校受験をするつもりで塾に通っていたが、結局、行くのは地元の公立中学校だ。試験に落ちたわけじゃない。受験そのものをしなかった。出願までしておいて、受験直前になってやめた。

「やる気になれないんだ。だって、受験とか意味ないじゃん。合格しても、たいした中学校じゃないし」

お父さんや塾の先生、クラスメートに言った。誰も突っ込んでこなかった。勇気の学力を知っていたからだ。きっと、負け惜しみだと分かっていたからだ。みんな、負け組には優しい。追い詰めるような真似はしない。

勇気は勉強ができない。そう気づいたのは遅かった。小学校六年生になってからだった。本格的に受験勉強を始めたのに、まるで成績が上がらなかった。一生懸命に勉強しても普通より上にはいけない。塾でも学校でもパッとしない成績を取りまくった。模擬テストの順位も悪かった。すごく落ち込んだ。そして、きっとバカなんだ。もともとの頭が悪いんだと思った。やっと自覚した。

それでも、そのことがバレるのが嫌で、地頭《じあたま》が悪いと思われたくなくて、塾の授業中にスマホでゲームをやったり、学校で漫画を読んだりした。テストの成績が悪いのはやる気がないからだ、と思われたかった。やればできる人間だ、と思われたかった。そんなふうに見られたかった。

だけど誰も勇気を見ていなかった。誰も勇気の相手なんかしない。興味の対象外ってヤツだ。

駄目なところは、勉強だけじゃない。人間としても駄目だった。おととしの九月に、自分のことがとことん嫌いになる出来事があった。駄目なヤツだと思い知らされる出来事があった。

誰にも言ったことがないけど、塾に好きな女子がいた。頭がよくて美人で、勇気に挨拶《あいさつ》をしてくれる。勇気が塾の授業中につまらない冗談を言ったときも、笑ってくれた。勇気をバカにしなかった。その女子の顔を見たくて、塾に行っていたのかもしれない。

ある日のことだった。塾の昼休みに、その女子——中里文香《なかざとふみか》が同じクラスの男子と一緒に昼ごはんを食べているところを見てしまった。同じベンチに座って楽しそうに笑っていた。

中里と一緒にいた男子——橋本泰示《はしもとたいし》は、成績もよくて顔もいい。性格だって悪くない。つまりお似合いの二人だった。気も合っているみたいだ。手作りのサンドイッチを食べながらしゃべっている。

勇気は声もかけずに逃げ出した。自分が見ていたことなんか、橋本も中里も気づいてもないみたいだった。

中里は橋本が好きで、橋本は中里が好きなんだと、頭の悪い勇気にも分かった。両思いじゃなければ、あんなに楽しそうにしゃべらない。二人とも笑っていた。

告白もしていないのに失恋してしまった。中里の気持ちを知ってしまった。知りたくないのに知ってしまった。勇気の初恋は呆気《あっけ》なく終わった。切なくて涙が滲《にじ》みそうになった。黙っているのは、悲しすぎた。見なかったことには、できなかった。塾に戻ってから、その男子をからかった。

「橋本って、中里文香と付き合ってんの？」

笑いながら言ったのは、泣きそうだったからだ。鼻の奥がツンと痛かった。目が赤くなっていたかもしれない。からかって気を紛《まぎ》らせようとしたのに、さっきより悲しくなった。だけど橋本も橋本だ。あんなに仲よさそうにしていたくせに——一緒にサンドイッチを食べていたくせに、こんなことを言い出した。

「中里文香と付き合ってなんかないよ。たまたま一緒のベンチにいただけ」

大嘘つきだ。たまたま一緒のベンチに座って、昼ごはんを食べるわけがない。楽しそうに笑いながら話をするわけがない。両思いのくせに誤魔化そうとしている。勇気はムカついてきた。

「へえ。じゃ、中里文香のこと、好きとかじゃないんだ？」

突っ込むように聞くと、いつだって涼しい顔をしている橋本がムキになった。中里の悪口を言った。

「好きなわけないじゃん。ぶっちゃけ、嫌いだよ。あいつ、ブスだし。しゃべるのも嫌」

その瞬間、教室が静まり返った。何人かの生徒が教室の入り口を見た。中里が立っていた。ショックを受けた顔をしている。橋本の言葉を聞いていたのだ。

とんでもなく気まずかった。中里を傷つけてしまった。その場で謝ればよかった。でも、できなかった。勇気はいつものように逃げ出すことにした。しかも、ただ逃げ出したんじゃない。ろくでもないことを言ったのだった。

「あーあ。やっちゃった。おれ、知らない」

知らないわけがない。女子を傷つけておいて、橋本のせいにした。自分はやっぱり最低だ。

その日を境に、中里は塾に来なくなった。何日か休んだ後、一度も顔を見せることなく塾をやめてしまった。病気で死んでしまったという噂が流れたけど、勇気は信じなかった。そんなはずがない。小学生が病気で死ぬはずがない。そう思った。

とにかく中里が塾に来なくなったのは、勇気のせいだ。それなのに橋本は勇気を責めるでもなく、ただ暗い顔をしていた。

それでも橋本は有名私立中学校に合格し、勇気は受験から逃げた。勝ち組と負け組に分かれた。

三年くらい前、お父さんとお母さんが離婚した。理由をちゃんと聞いたわけじゃないけど、お母さんが忙しすぎたんだと思う。

「優秀な奥さんをもらうと大変ね」

勇気の家に来るたび、親戚のおばさんは言った。お父さんとお母さんが離婚する前から言っていた。そのときの勇気は今より小さかったけど、嫌味を言っているんだと分かった。

子どもの勇気が分かったくらいだから、お父さんだって分かったはずだ。でも、お父さんは苦笑いを浮かべるだけで黙っていた。口喧嘩《くちげんか》をするタイプじゃないし、お母さんが優秀なのは本当のことだからだろう。

お母さんは、外資系のコンサルティングファームに勤めている。どんな仕事をしているのかは分からない。説明を聞いても分からなかった。親戚のおばさんも分からないだろうし、もしかすると、お父さんも分かっていないのかもしれない。とにかく忙しくて、晩ごはんの席にいないことも多い。家に帰ってきても、部屋にこもってパソコンを叩いていた。

離婚することを勇気が知ったのは、お母さんの海外赴任——フランスに行くのが決まったときだ。

「四年したら帰ってくるからね」

お母さんは言った。勇気への説明は、それだけだった。離婚することは、どうでもいいみたいな感じだった。

だけど勇気には、お母さんが悲しんでいるんだと分かった。お母さんは考えていることを顔に出さない性格だから、冷たい人間だと誤解されやすい。でも、本当は優しい。すごく優しい。

お父さんは、もう少し話してくれた。お母さんがフランスに行ってしまってから、ぼそりと言った言葉があった。

「結局、お母さんに嫉妬《しっと》してたんだよなあ」

冗談めかしていたけど、本音のように聞こえた。勇気も出来のいい同級生に嫉妬する。だから、お父さんの気持ちはよく分かった。

お父さんは地元の信用金庫に勤めていて、出世も順調だったみたいだけど、お母さんに負けている感があったんだと思う。でも、お母さんを責めたりしなかった。お母さんの悪口は言わなかった。

「せっかく結婚したのに、お母さんにも勇気にも悪いことをしたな。ごめんよ」

離婚は自分のせいだと思っているみたいだ。ただ謝られても困る。大人に謝られると泣きそうになる。涙が滲んできて返事ができなかった。お父さんは、ごめんよ、ごめんよと繰り返していた。

お母さんがフランスに行ってしまった後、お父さんのきょうだい——つまり、親戚たちが家にやって来て、鬼の首を取ったようにお母さんの悪口を並べた。しかめっ面をしながら、どこか嬉しそうな様子で言った。

「母親失格だな。最初から、こうなると思っていたよ」

「離婚して正解だったんじゃない」

「子どもより仕事を選ぶなんて、とんでもない女ね」

いつも苦笑いを浮かべているだけのお父さんが、このときだけは怒った。顔を真っ赤にして怒った。

「母親失格とか離婚して正解とか、あんたたちの決めることじゃないだろっ!! 黙れっ!! 出ていけっ!! 二度とこの家に来るなっ!!」

お父さんが、こんなふうに怒鳴るところを初めて見た。怖かった。だけど——怖かったけど、お母さんの味方をしているのが嬉しかった。お母さんのために喧嘩していることが嬉しかった。すごく嬉しかった。

勇気は、お母さんのことが好きだった。あまり家にいなかったけど、一緒にいるときは優しかった。勉強もパソコンも教えてくれたし、お父さんと二人で料理を習ったこともある。料理は上手くできなかったけど、家族三人で大笑いした。お正月の人混みの中、明治神宮まで初詣《はつもうで》に行ったことだってある。勇気が熱を出したときには、仕事を休んで徹夜で看病してくれた。

今だって――離婚してからだって、勇気を忘れずにいてくれる。フランスからメールが届く。ビデオ通話で話すことも多い。一緒に暮らしていたときより話すくらいだ。

そして夏になったら、お母さんは日本に帰ってくる。勇気は、お母さんと暮らすことになっていた。両親が離婚した場合、子どもは母親に引き取られるのが一般的だとネットに書いてあった。

でも正直に言うと、お母さんに会いたくなかった。嫌いになったわけじゃない。中学校受験に失敗した――逃げてしまった自分を見て、お母さんが、がっかりすると思ったからだ。それから、もちろん、お父さんと別れるのも寂しかった。

「離婚なんかしなきゃよかったのに」

何度も呟《つぶや》いた。自分の部屋でも、お風呂でも呟いた。歩きながら言ったことだってある。夢の中でも言った。人生でいちばん言った言葉かもしれない。だけど、お父さんとお母さんの前では一度も言えなかった。

　勇気には、おばあちゃんがいる。お父さんのお母さんだ。勇気たちの暮らすマンションから自転車で十分くらいのところに、おばあちゃんの家はある。昭和のころに建てたという古い一軒家で、庭には小さな畑がある。

　おじいちゃんは、勇気が幼稚園のときに死んだ。勇気に優しくしてくれたというが、記憶になかった。忘れてしまって申し訳ないと思っていると、おばあちゃんは言った。

「年寄りのことなんて忘れちゃっていいのよ」

　その言葉の意味は、小学生の勇気には分からない。優しくしてくれた人を忘れていいわけがない、とも思う。

　とにかく、おばあちゃんは古い家で猫の玉《たま》と暮らしている。玉とふたり暮らしだ。勇気たち家族と同居する話もあったみたいだけど、立ち消えになっていた。おばあちゃんが元気だったこともあるだろうし、あの親戚たちと揉《も》めたのかもしれない。勇気は何も知らない。大人は子どもに詳しい話をしないものだ。

　ただ、おばあちゃんは、勇気にこんなことを言っていた。

「離れたくないのよ。ずっと、この家で暮らしてきたんだから。お嫁に来てから、五十年も、ここで生きてきたんだから」

「なー」

鳴いたのは、猫の玉だ。タイミングがよかったせいで、おばあちゃんの言葉に同意したみたいになった。勇気は吹き出し、おばあちゃんも笑った。

何をしているわけじゃないけど、楽しかった。勇気は、おばあちゃんが好きだ。おじいちゃんが建てたという家も大好きだ。お父さんとお母さんが仕事で忙しいときは、必ずと言っていいほど来ていた。

ごはんやおやつを食べさせてもらったり、玉と遊んだりした。お父さんとお母さんがそろって出張したときには、泊まった。おばあちゃんのお手伝いもした。夏みかんの木が庭にあって、その収穫を手伝ったこともある。

お母さんがフランスに行った後も、何度か遊びに来た。おばあちゃんは、他の親戚たちみたいに悪口を言わない。褒《ほ》めてばかりだった。

「外国で仕事をするなんて凄いねえ」

勇気に気を使っているのではなく、本気で感心しているみたいだった。そういえば、お母さんはおばあちゃんと仲がよかった。ぜんぜんタイプの違う二人なのに、話が合うみたいだ。

それから、おばあちゃんの飼っている猫の玉も好きだ。太った三毛猫で、メス猫だという。十年以上も前に、おばあちゃんの家の庭に迷い込んできた。それで、なんとなく居着いてしまったらしい。

「人間で言ったら、八十歳くらいじゃないかしら」

おばあちゃんは言っていた。つまり、おばあちゃん猫だ。だからなのか、玉は寝てばかりいる。それでも勇気が遊びに行くと、起き上がって挨拶する。

「なー」

勇気の足に身体を擦《こす》りつけて、甘えた声で鳴くこともあった。勇気が来ることを歓迎しているみたいだった。

「おまえは優しいな」

「なー」

玉はこれしか言わない。鳴き声のトーンも、あまり変わらない。でも、それで十分だった。返事をしてくれるだけで十分だ。

生きていくのは大変なことだ。辛いことばかりが起こる。起こってほしくないことばかりが起こる。誰かと仲よくなっても、絶対に別れなければならない。仏教か何かの教えに「愛別離苦《あいべつりく》」という言葉があるらしい。フランスに行く前に、お母さんが教えてくれた。

例えば、お父さんやお母さんと別れるときがくる。離婚とかじゃなくて、メールもビデオ通話もできないところに行ってしまう。三人のうち、誰かが死んでしまうときが来る。ずっと遠い未来のことかもしれないけど、二度と話すことができなくなる日は必ずやって来る。

ある日、突然、その別れがやって来た。お父さんやお母さんとの別れじゃない。おばあちゃんが死んでしまった。寒い二月の朝早く、庭で倒れた。近所の人がすぐに気づいて、救急車を呼んでくれたけど、病院に着いたときには息をしていなかった。一言もしゃべらないまま、あの世に行ってしまった。

勇気は泣いた。お父さんも泣いた。ビデオ通話で、お母さんも泣いていた。たくさん、たくさん泣いていた。

悲しんでいても、時間は止まらない。どんどん先に進んでいく。人間の気持ちを置き去りにして進んでいく。

おばあちゃんの葬式をやった。玉を引き取ることになった。勇気の家はマンションだけど、ペットを飼うことができる。これは、勇気が言い出したことだ。どうしても引き取りたかった。

年寄り猫だからなのか玉はおとなしい。嫌がる素振りも見せずに、マンションにやって来た。

「今日から、ここがおまえの家だ」

お父さんが言い聞かせるように言うと、玉は小さく鳴いた。

「なー」

その様子は、おばあちゃんの家にいたときと変わりがなかった。おばあちゃんが死んだことが分からないのかもしれない。でも、少しだけ心細そうな顔をしているように見えた。

「大丈夫だからな」

勇気は、玉の頭を撫でた。おばあちゃん猫は、返事をしなかった。勇気やお父さんの足に、身体を擦りつけることもしない。ただ、じっとしていた。

おばあちゃんの四十九日が終わると、暖かい春がやって来た。勇気は小学校を卒業し、在校生より一足早く春休みに入った。本当なら中学校のことを考える時期だけど、それどころじゃなかった。玉が、すっかり元気を失っていた。餌は最低限しか食べず、ずっと寝ていて勇気やお父さんが話しかけても反応しない。鳴くことも減った。マンションに来たときよりも痩《や》せてしまった。

最初は病気かと思って、お父さんと一緒に動物病院に連れていったけど、どこも悪くなかった。

獣医さんは三十歳くらいの男の人で、ちゃんと話を聞いてくれた。飼い主だったおばあちゃんが死んでしまったことを話すと、こんなふうに言った。

「きっと悲しいんでしょう」

「猫がですか？」

「ええ。ペットだって悲しむんですよ」

「おばあちゃんが死んだことが分かるんですか？」

勇気が聞くと、獣医さんは頷いた。

「分かっていると思います」

猫の知能は、人間に換算すると二～三歳程度だと言われているが、もっと賢いと考える専門家もいるという。すると人間の死を理解できても不思議はない。そんな話をしてから、付け加えた。勇気とお父さんに問いかけてきた。

「たとえ死んだことが分からなくても、自分を可愛がってくれた人がいなくなったんですから、悲しい気持ちになるのは当然だと思いませんか？」

「そうですね。悲しむのは当然かもしれません」

お父さんは頷き、玉の頭を優しく撫でた。年寄り猫は返事をせず、じっと目を閉じていた。

病院に行った後も、玉は元気にならなかった。食べる量が、さらに減ったような気がする。ずっと部屋の隅で丸くなっている。その様子を見ているうちに、ふと思いついた。

「もしかして、おばあちゃんのところに行きたいの？」

「なー……」

弱々しく返事をした。肯定したように思えた。死にたがっているように見えた。勇気は困った。おばあちゃんの猫を、玉を死なせたくなかった。悲しい別れは、もう嫌だ。誰とも別れたくない。

「死んじゃ駄目だ。ちゃんと餌を食べろよ。……食べてくれよ」

勇気は言い聞かせるように言い、最後には頼んだ。猫に頭を下げた。

でも、玉は返事をしなかった。人間の言葉が通じないことくらい分かっていたけど、他にどうすればいいのか分からない。

いつもみたいに——受験から逃げたみたいに逃げたかったけど、玉を見捨てることはできない。食べなければ死んでしまう。おばあちゃんの猫を死なせたくなかった。おばあちゃんのところに行かせたくなかった。

しかし、勇気は何もできない。玉の頭を撫でることしかできない。おばあちゃんの代わりにはなれない。

「入院させようか」

お父さんは言った。だけど、それで玉が元気になるとは思えなかった。相談に行ったが、獣医さんも勇気と同じ意見だった。

「身体の調子が悪いというわけではありませんから、入院してどうにかなるものではないでしょうね」

ただ、おばあちゃんに会いたいだけなんだ。勇気だって会いたい。でも、死んだ人に会うことはできない。

中学校の入学式が近づいてきても、勇気の気持ちは晴れなかった。玉のことで、頭がいっぱいだった。

どうにか元気にしようとスマホで検索してみても、使えそうな情報はなかった。試しに、お小遣いをはたいて高いキャットフードを買って与えてみたけど、一口か二口しか食べなかった。話しかけても返事をしない。

だんだん痩せていく玉を見ているのが、どうしようもなく辛かった。おばあちゃんに会いたがっている玉を見ているのが、どうしようもなく悲しかった。何もできない自分に耐えられなかった。

あるとき、玉の前に餌を置いて、近所の公園に逃げ出した。玉を助けなければならないのに、結局、逃げ出してしまった。とうとう逃げ出してしまった。

やっぱり自分には勇気なんてない。弱虫で臆病で、駄目な人間だ。そう思うと泣けてきた。涙が頬を伝い、公園に向かう景色が滲んで見えた。勇気は泣きながら、誰もいない道を歩いた。


自分で公園に行くことにしたくせに、そこは嫌いな場所だった。塾の次くらいに、近所のこの公園が嫌いだった。

昔から嫌いだったわけじゃない。この公園は、塾から歩いて行けるところにあって、ここで橋本と中里が一緒にサンドイッチを食べているのを見た。そのときから嫌いになった。塾で橋本をからかって、もっと嫌いになった。中里が塾に来なくなって、さらに嫌いになった。本音を言えば、二度と来たくなかった。

でも、他に行くところはない。フードコートやファストフード店が近所にあるが、同級生と出くわす可能性が高い。知り合いに会いたくなかった。もっと言うと、誰にも会いたくなかった。

その点、公園はいつも閑散《かんさん》としている。見かけると言えば、ここを縄張りにしているらしき黒猫と、ときどき近くにある劇団の人たちが発声練習だかをしているくらいだ。だから、あの日、橋本と中里がいて驚いた。

「今日はいないよな……」

サンドイッチを食べていた二人の姿を思い浮かべながら、おそるおそる公園をのぞいた。いたら、どこか別の場所に行くつもりだった。行き場所なんてなかったが、橋本と中里が仲よくしているところに、いられるはずがない。

だけど大丈夫だった。橋本と中里はいなかった。黒猫も劇団の人もいない。誰もいなかった。

「よかった」

居場所ができて安心したが、何の解決もしていない。勇気は公園に入っていき、ベンチに座って頭を抱えた。自然とそんな姿勢になった。玉の前から逃げ出した自分が、情けなかった。

あのまま餌を食べなかったら死んでしまうのに、勇気は何もできない。おばあちゃんがいなくなって、元気をなくしている玉を励ますことさえできない。

自分の無力さが悲しかった。また、涙があふれてきた。まぶたを閉じても、その隙間からこぼれてしまう。泣いたってどうにもならないことを知っているくせに、泣いてしまった。勇気は頭を抱えて泣いた。情けなくて悲しくて泣いた。

そうやって涙をこぼしていると、ふいに音楽が聞こえてきた。ギターの音だ。誰かが演奏している。誰もいなかったはずなのに、ギターを弾いている人がいる。驚いていると歌声が聞こえてきた。男の人の声だった。

もう二度と会えないはずの君に会えた
君の顔を見ることができた
話したいことはたくさんあるけど
口下手なぼくは歌うことしかできない
言葉を知らないぼくは歌うことしかできない
月が綺麗《きれい》ですね、と

知っている歌だった。この歌声も知っている。勇気は顔を上げて、まさかと思いながら音のするほうを見た。

公園の隅に三十歳くらいの男の人がいた。いつやって来たのか分からないけど、ギターを弾いていた。

やっぱり、彼だった。向こうは勇気のことなんか知らないだろうけど、勇気はこの男の人を知っていた。クラスのほとんどが知っている人だ。

――御子柴湊《みこしばみなと》。

去年の十二月くらいから、YouTubeで話題になっている歌手だ。テレビに出ないのに、今歌っている曲――『RIKO』は百万回を超えて再生されている。SNSで話題になり、ネットニュースで取り上げられることが増えているので、まだまだ再生回数は伸びるはずだ。

そんな有名人が、目の前でギターを弾き、話題の曲を歌っている。誰かに言ったことはないけど、勇気は『RIKO』が好きだった。御子柴湊の優しい声が好きだった。YouTubeで毎日のように聴いている。

「嘘……」

泣いていたことも忘れて、思わず呟いた。その声は届かなかったようだ。御子柴湊は、『RIKO』を歌い続けた。撮影している様子はない。彼の目の前には、黒猫が座っていた。たぶん、いつも公園で見かける黒猫だ。勇気が来たときにはいなかったはずなのに、我が物顔で座っていた。退屈そうにしているようにも、曲を聴いているようにも見える。とりあえず邪魔はしていない。勇気も黙って歌を聴いた。御子柴湊の生歌《なまうた》に引き込まれていた。

やがて曲が終わった。拍手をする暇はなかった。有名人は息を吐き、黒猫に頭を下げた。観客に見立てているのかもしれない。

でも、黒猫は反応しなかった。何も反応しない。そんな黒猫の塩対応にめげることなく、御子柴湊は次の曲を始めた。ギターでメロディを奏《かな》でながら、何も言わずに歌い始めた。英語の歌だった。これも知っている。御子柴湊のYouTubeで何度も聴いているし、他の歌手がテレビで歌っているところを見たこともある。

『イエスタデイ・ワンス・モア』

勇気の生まれるずっと前——一九七三年にリリースされたカーペンターズの大ヒット曲だ。ボーカルのカレン・カーペンターは、三十二歳の若さで亡くなっている。彼女の声は、綺麗だけど悲しい。

御子柴湊は、優しい声で『イエスタデイ・ワンス・モア』を歌っている。英語がちゃんと分かるわけじゃないけど、YouTubeで日本語の歌詞を見たことがあったから、歌詞の意味を知っていた。終わってしまった昨日を歌った曲だ。幸せだった昨日を歌った曲だ。

優しい歌声と悲しい歌詞に引き込まれた。誰もいない公園のベンチで、『イエスタデイ・ワンス・モア』を聴いているうちに、昔のことを思い出した。

中里に失恋する前のこと。

お母さんと一緒に暮らしていたころのこと。

おばあちゃんが生きていたころのこと。

玉が元気だったころのこと。

まだ十二年しか生きていないのに、たくさんのものを失ってしまった。大好きだったおばあちゃんの家も取り壊されてしまう。何も残っていない。何も残らない。大切なものは全部、何もかも、取り上げられてしまった。

あの日に帰りたい。幸せだった昨日に帰りたい。自分みたいな子どもにだって帰りたい過去はある。戻りたい時間がある。でも、もう戻れない。すぎてしまった時間は、二度と帰ってこない――。

そんな当たり前のことが、悲しくて、悲しくて、耐えられなくなった。涙と嗚咽《おえつ》があふれてきて、さっきより激しく泣いてしまった。こんなふうに泣いたことなんてないのに、我慢できなかった。

急に音楽が止まった。ギターの音がやみ、『イエスタデイ・ワンス・モア』のメロディが消えた。歌声が途切れた。御子柴湊が歌うことをやめたのだった。視線を感じた。御子柴湊が、こっちを見ている。

邪魔をしてしまった。勇気のせいで、歌をやめてしまった。焦ったけれど、涙は止まらない。必死に嗚咽を呑み込もうとしたけれど、呑み込み切れない。それでも、うつむいたまま涙を拭《ぬぐ》った。

逃げ出す暇もなく、足音が近づいてきた。そして聞かれた。

「大丈夫？　どこか痛いの？」

視線を上げると、御子柴湊の顔がすぐそこにあった。怒っているのではなく、心配してくれていた。

御子柴湊は優しかった。勇気が怪我か病気で泣いていると思ったみたいだ。どこも痛くないと答えても、まだ心配そうな顔をしている。

「病院とかに行かなくても平気？」

「は……はい。大丈夫です」

蚊《か》の鳴くような声で返事をした。泣いてしまったことが恥ずかしかった。有名人に話しかけられて緊張していた。それを御子柴湊は誤解したらしく、申し訳なさそうに言ってきた。

「いきなり話しかけて、ごめん。ええと、最近は、知らない人としゃべっちゃ駄目なんだよね」

少し焦っている。確かにそんなことを小学校でも言われたし、お父さんとお母さんにも言われている。世の中には、変な人や危ない人がたくさんいるみたいだ。

「ええと……、あのね、怪しい人じゃないから」

怪しい人が言いそうな台詞《せりふ》を口にした。御子柴湊は、歌っているときとは別人だった。あんなに格好よくギターを弾いて歌っていたのに、自分みたいな子ども相手にしどろもどろになっている。きっと、いい人なんだと思う。困らせたくないと思った。勇気は思い切って言った。

「だ……大丈夫です。だって、知らない人じゃないですから」

「え？　知らない人じゃない？」

目を丸くして驚いている。言い方が悪かったみたいだ。親戚か友達の子どもだと思ったのかもしれない。

「御子柴湊、さんですよね？」

一瞬、学校や塾で話すときみたいに、呼び捨てにしそうになって慌《あわ》てて、さん、を付け加えた。

「そう……だけど」

御子柴湊――御子柴さんは、不思議そうな顔をした。なぜ、勇気が名前を知っているのか疑問に思っているようだ。有名人だという自覚がないのかもしれない。

「YouTube、いつも見てます」

そう付け加えると、ようやく分かったようだ。ほっとした顔になって、照れたように頭を下げた。

「ありがとう」

でも、すぐに真面目な顔になった。有名人ぶった言葉は何も言わず、ふたたび勇気に問いかけてきた。

「本当に大丈夫？　病気とかなら家か病院まで送るよ」

心の底から心配していると分かる口調だった。家族か友達に、病気の人がいるのかもしれない。本当に優しい人だ。

だからだろうか。それとも、さっき聴いた『イエスタデイ・ワンス・モア』が耳に残っていたせいだろうか。いったん止まった涙が、このタイミングであふれてきた。自分は泣いてばかりだ。ずっと泣いてばかりいる。

「す……すみません……」

何とか謝った。初めて会った人の前で泣いたことが恥ずかしかった。笑われるかと思ったが、御子柴さんは笑わなかった。優しく許してくれた。

「謝らなくていいよ。病気とか怪我じゃないんなら、辛いことがあったんだろう？　よく分かる。この公園は、泣くにはちょうどいい場所だからね」

最後の一言は、独り言みたいだった。この公園で泣いたことがあるのかもしれない。人は誰もが、悲しい思い出を抱えて生きている。耐えられる人間もいれば、耐えられなくなる人間もいる。勇気は後者だった。黙っていられなくなった。

「お……おばあちゃんが、死んじゃったんです。そ……それで、猫が元気なくなって……。それなのに、ぼくは何もできないんです――」

気づいたときには、そう言っていた。それだけじゃなく、お母さんがフランスに行ってしまったこと。好きな女の子に告白さえできなかったこと。その女の子を傷つけたのに、ごめんなさいと言えなかったこと。中学校受験から逃げたこと。お父さんと一緒に暮らせなくなること。元気をなくした猫から逃げてきたこと。何もかもを話した。誰にも言えなかったことを、初めて会ったばかりの有名人に話した。

御子柴さんは、勇気の話を聞いてくれた。黙って最後まで聞いてくれた。それから、ポツリと言った。

「何もできないのは辛いよな」

分かってくれた。その言葉は優しすぎた。鼻の奥が、もっともっとツンとした。胸の中の悲しみが、まぶたを刺激した。涙が次から次へとあふれてくる。嗚咽がどうしようもなく込み上げてきた。

勇気は両腕で自分の顔を隠すようにして、小さい子どもみたいに泣いた。バカみたいに、わんわん泣いた。


何分か、何十分かが経った。

勇気は、橋本と中里の座っていたベンチに御子柴さんと並んで座っていた。やっと泣き止むことができた。どうにか涙を抑えることができた。

それを待っていたかのように、黒猫が御子柴さんの足もとにやって来て、どことなく面倒くさそうな感じで鳴いた。

「みゃあ」

そして、丸くなって寝てしまった。御子柴さんに懐《なつ》いているような、懐いていないような微妙な態度だった。

「おれのファン一号だか二号だかなんだよ」

黒猫を紹介するみたいに言ったけど、言葉の意味がよく分からなかった。もう一匹、どこかに猫がいるのだろうか？

疑問に思ったが、御子柴さんはそれ以上の説明をしなかった。その代わり、少し迷ったような顔をしてから質問をしてきた。

「ちびねこていって知ってる？」

いきなりだった。何の話が始まったのか分からない。聞き返すことさえできずにいると、御子柴さんが地面に指で文字を書いた。

ちびねこ亭

「食堂の名前だよ。千葉県にあるんだけど、聞いたことないかな？」

「千葉県……」

呟いてみたけれど、やっぱり分からない。ディズニーランドくらいしか思い浮かばなかった。お母さんがフランスに行ったときに、成田空港まで見送りに行ったが、あれは千葉県だったのだろうか？

「そう。千葉県君津市にあるんだ」

「きみつし？」

「内房《うちぼう》の町だよ。大きな製鉄所がある。そこに食堂があるんだ」

「食堂……」

おうむ返しに呟くことしかできない。ここまで聞いても、話がどこに向かっているのか分からなかった。御子柴さんは続ける。

「ちびねこ亭では、思い出ごはんを作ってくれるんだ」

また、謎の言葉が出てきた。

「思い出ごはん？」

「うん。思い出ごはん」

御子柴さんは頷き、それが何なのか教えてくれた。

「ちびねこ亭の思い出ごはんを食べるとね、大切な人と会うことができるんだよ」

「大切な人……？」

ふたたび聞き返すと、思いも寄らない言葉が返ってきた。

「死んじゃった人のことだよ」

返事ができなかった。勇気は、御子柴さんの顔をまじまじと見た。からかわれているのかと思ったのだ。けれど、冗談を言っている表情ではない。真面目に話していた。

「思い出ごはんを食べるとね、死んじゃった人間の声が聞こえるんだ。目の前に現れることもある」

言葉が出ない。驚きすぎて相づちを打つこともできない勇気に向かって、御子柴さんは独り言のように続けた。

「ちびねこ亭に行けば、おばあちゃんと会えるかもしれないよ」

死んだ人と会えるなんて、信じられる話じゃない。普通なら詐欺《さぎ》だと思うところだけど、御子柴さんみたいな有名人が、自分みたいな子どもに嘘をつく理由はない。会ったばかりだが、嘘をつくような人とも思えなかった。

——ちびねこ亭。

メモしたわけじゃないのに、その名前は頭に刻まれていた。そこに行けば、おばあちゃんに会える。心の中で何度も繰り返した。おばあちゃんに会える、会える、と。

御子柴さんにさよならを言って、マンションに帰った。お父さんは会社から帰ってきておらず、玉だけがいた。勇気が出かけたときと同じ姿勢で寝ている。少しも動かない。餌も減っていなかった。

急がなきゃ。

玉を助けなきゃ。

今さら焦った。自分の部屋に行き、パソコンをつけて、「ちびねこ亭」「思い出ごはん」で検索をした。

店のサイトはなかったし、グルメサイトにも取り上げられていなかったけど、ブログを見つけた。病気で入院している女の人の日記だった。ブログのタイトルが、チョークで書いたような飾り文字で表示されていた。

ちびねこ亭の思い出ごはん

アクセスカウンターが設置されていたが、あまり訪問者はいないらしく、アクセス数は少なかった。ほとんど誰も見ていないみたいだ。しかも、もう何ヶ月も更新されていない。

「違《ちが》くない？」

勇気は独りごちた。たまたま名前が一緒なだけで、御子柴さんに聞いた食堂と関係ないブログかと思ったのだ。

それでも、いくつかの記事を読んでみた。可愛らしいタイトルとは反対に、重い内容だった。


夫が行方不明になったのは、もう二十年も昔のことです。

海へ釣りに行ったまま、いなくなってしまいました。


それから、こんなことも書かれていた。突然で、どうしようもなく悲しい別れがあったようだ。


生きているわけがない。諦めたほうがいい。

警察や地元の漁師さんたちに言われました。でも、諦め切れずにいます。

「君より長生きする。絶対に先に死なない」

結婚するとき、夫はそう言いました。私に約束してくれました。

私は、その言葉を信じます。子どももいるのに、先に逝《い》くはずがありません。


その後、女の人は食堂を始めた。ちびねこ亭だ。御子柴さんから聞いた、思い出ごはんのことも書いてあった。このブログで合っていた。間違っていなかった。違くはなかった。

食べて行けるようになったのは、思い出ごはん——陰膳《かげぜん》のおかげです。

「陰膳?」

聞いたことがあるけど、微妙に意味が分からない。ブログを読むのを中断してネットで検索すると、二つの意味があった。

一つ目は、不在の人のために供える食事。二つ目は、死んでしまった人を弔《とむら》うための食事。葬式や法要のときに、故人のための膳を用意することがあるが、それも「陰膳」と呼ばれているらしい。

もともとの意味は前者だが、最近では、死んでしまった人のための膳を指すことが多いとも書いてあった。おばあちゃんの葬式のときにも、そんな膳があった。おばあちゃんの分だと、お父さんが言っていた。

食堂を訪れる客の注文とは別に、女の人は、自分の夫の無事を祈って陰膳を作って、海の見える席に置いていた。波の音やウミネコの声が聞こえる場所に置いた。

それを見て、死んでしまった家族や友人を弔うための陰膳を注文する客が現れ始めた。

葬式や法要でなくとも、故人を弔いたいと思う人間は多い。

女の人は、その注文を「思い出ごはん」として受けた。死んでしまった人の思い出をちゃんと聞き、大切な人を偲《しの》ぶ料理を作った。


奇跡が起こりました。

信じられないことが起こったのです。


死んでしまった人が現れるようになったというのだ。女の人自身には見えなかったようだが、何人もの客が奇跡に遭遇している。ちびねこ亭で、あの世に行ってしまった大切な人との時間をすごしている――。

やっぱり、からかわれたんじゃなかった。御子柴さんの言った通りのことが書いてあった。

ちびねこ亭に行けば、きっと、おばあちゃんに会える。きっと、玉を元気にすることができる。一筋の光明を見つけた気分だった。

勇気が住んでいるのは東京都で、千葉県まではそんなに遠くない。これもネットで調べたことだが、東京駅から君津駅まで一時間半くらいで着く。大人料金で電車に乗っても、往復で三千円ちょっとだった。子ども料金なら、その半分で行ける。

お父さんに黙って行こうかと思ったけど、玉を連れていかなければならない。ただでさえ元気がないのに、バスケットに入れて電車に乗るのは躊躇《ためら》いがあった。玉の具合が悪くなったら、勇気一人では困ってしまう。

だから、お父さんに話した。仕事から帰ってくるのを待って、ちびねこ亭に連れていって欲しいと頼んだ。

話し始めると止まらなくなって、公園で泣いたことや、御子柴さんに会ったことまでしゃべってしまった。お父さんに話しながら、また涙があふれてきた。おばあちゃんがいなくなってから、泣いてばかりいる。

本当のことを言えば、ちびねこ亭に行くのを反対されると思っていた。死んだ人に会えるなんて、子どもの自分が聞いても怪しい話だ。大人のお父さんが信じるはずがない。「詐欺に決まっている」「バカなことを言うな」と叱られると思っていた。「これだからユーチューバーは」と呆れられると思っていた。

だけど、お父さんは叱らなかった。呆れなかった。勇気の話を全部聞き、ちびねこ亭のブログを読んだ。最初から最後まで読んだみたいだった。そして、しばらく考え込むような顔をした後、何も言わずにスマホを取り出し、電話をかけ始めた。

　警察に通報しているのかと思ったけれど、そうじゃなかった。挨拶を交わした後、お父さんは言った。電話の向こうの人に、はっきり言った。

「思い出ごはんの予約をお願いします」


　日曜日になった。思い出ごはんの予約を取った日だ。お父さんは休みだった。休日出勤することも多いけど、この日は会社に行かなかった。朝早くから、勇気と玉を自家用車に乗せて、千葉県君津市に向かった。

「ちびねこ亭には、猫がいるらしいな」

　ハンドルを握りながら、お父さんは言った。勇気が返事をするより早く、バスケットの中で玉が鳴いた。

「なー」

　たまたまに決まっているけど、声に反応しただけに決まっているけど、返事をしたみたいに聞こえた。玉が、こんなふうに鳴くのは久しぶりだ。ちびねこ亭に行くことを楽しみにしているように思えた。ただ、これだけのことが嬉しかった。

　このとき、勇気は助手席に座って、玉の入ったバスケットを膝に載せていた。お父さんがちびねこ亭に電話した後のことを思い出していた。

「詐欺だったら、どうするの？」

自分で頼んだくせに、勇気はそう聞いた。臆病な勇気は、不安になっていた。

「だから一緒に行くんじゃないか。子どものことを信じるのも、守るのも親の役目だからな」

お父さんの返事に感動しそうになったけど、話には続きがあった。

「実は、ちびねこ亭を知ってるんだ」

「えっ？　知ってる？」

勇気は驚いた。お父さんは、都市伝説とかに詳しいタイプじゃない。スピリチュアル系の本も読まないし、お寺や神社にさえ興味がない。

それなのに知っているなんて。勇気が知らないだけで、ちびねこ亭は有名なお店なのだろうか？

でも、それも違った。聞いてみれば、何でもないことだった。お父さんが種明かしするように言った。

「二木《にき》さんのお嬢さんが、そのちびねこ亭でアルバイトをしているそうだ」

「なんだ……」

がっかりして気の抜けた声が出た。肩透かしもいいところだ。二木さんというのは同じ町内に住んでいる人で、お父さんと同じ信用金庫に勤めている。仲がいいらしく、よく話すみたいだ。勇気の家に遊びに来たこともあった。だから、ちびねこ亭でアルバイトをしているという「二木さんのお嬢さん」のことも、勇気はよく知っていた。

二木琴子《ことこ》。琴子お姉さんだ。勇気よりずっと年上の大学生で、ドラマに出てくる女優みたいに綺麗な人だ。見た目だけじゃなく、お淑《しと》やかで優しい。いつも白いワンピースを着ている。

「勇気くん、こんにちは」

道ですれ違うたびに挨拶をしてくれるけど、勇気は照れてしまって、ちゃんと挨拶を返せずにいた。いつだって頷くだけがやっとだった。勇気は琴子お姉さんのことが好きだった。

ただ、それは芸能人に対する憧れみたいなもので、告白しようなんて絶対に思わない種類の好きだ。思うわけがない。そういう好きとは全然違う。

その琴子お姉さんが、ちびねこ亭でアルバイトをしているという。偶然とは思えなかった。何かと何かが繋がっているような気がした。

「予約を取った日はいないみたいだけど」

お父さんが、付け加えるように言った。大学生のアルバイトなんだから、毎日いるわけではないのだろう。

「ふうん」

興味ないから、という感じで相づちを打った。もちろん、興味はあった。ほっとしたような、がっかりしたような気持ちになった。自分の気持ちなのに、よく分からない。とにかく勇気とお父さんが行く日に、琴子お姉さんはいない。

東京湾アクアラインを通って、東京から千葉県に向かった。すると、一時間もかからないうちに、木更津《きさらづ》市に着くことができた。ちなみに、ちびねこ亭のある君津市は、この木更津市の隣にある。

「思っていたより近いんだな」

「うん」

勇気は頷いた。琴子お姉さんが東京から千葉県までアルバイトに行っていると聞いたときには驚いたけど、これくらいなら通える距離なのかもしれない。実際、千葉県から東京まで通学や通勤をしている人はいる。

お腹が空いたときのために、以前、お母さんからもらったチョコレートを持ってきたけど、その必要もないくらい近かった。あっという間に、君津市に入った。道路は空いていた。

でも食堂は海辺にあって、自動車で最後まで行くことはできない。前もって分かっていたことなので、家を出る前に、お父さんとGoogleマップを見ながら作戦を立ててきた。君津駅前にある駐車場に自動車を置いて、バスに乗る。駅から製鉄所に向かうバスが出ていた。製鉄所は東京湾の近くにあって、ちびねこ亭に行くときの目印になるらしい。

自動車を降りて、バス停に行った。閑散としていた。あと十分もしないうちにバスが来るのに誰もいない。タクシー乗り場がすぐ近くにあったけど、やっぱり人はいなかった。静かな町みたいだ。歩道は広く、綺麗な道路が続いている。

「玉、君津市に着いたよ」

勇気はバスケットに話しかけた。ここに着くまで、何度も何度も、バスケットをのぞいていた。

玉は静かで、眠っているときもあれば、目を開けているときもあった。起きていても、やっぱり元気がない。鳴いたのは、出発したときだけだった。今も目を開けてはいるけれど、勇気の声に反応しなかった。

「もうすぐ、おばあちゃんに会えるから」

励ますように言っても、玉は返事をしない。バスケットの中でじっとしている。ぬいぐるみみたいに、じっとしている。

バスに乗っている時間は短かった。すぐ目的地に着いた。バスを降りると、川が見えた。

「小糸川《こいとがわ》という名前だよ」

お父さんが教えてくれた。勇気は視線を向ける。川岸には、誰もいない。東京湾に向かって流れていく静かな川だった。

「じゃあ、行くか」

ふたたび、お父さんが言った。ここからは歩きだ。ちびねこ亭まで徒歩十分くらいらしい。タクシーを使えば、もう少し近くまで行けるけれど、二人は歩いていくことにしていた。

「うん」

勇気は頷き、お父さんと並んで小糸川沿いの道を進んだ。暑くも寒くもない陽気だった。春らしい穏やかな日だ。

何歩もいかないうちに、お父さんが聞いてきた。

「持とうか？」

玉の入っているバスケットのことだ。もともと玉は太っていて、ここ何日かで痩せはしたけど、まだまだ重い。勇気は根性がないし、体育も苦手で腕力もない。玉の入ったバスケットを持って歩くのは大変だったが、持ってもらおうとは思わなかった。

「大丈夫」

ちびねこ亭まで持っていくつもりだった。ここまでお父さんに連れてきてもらったのだから、それくらいはしたかった。

「そうか」

お父さんは言うと、日射しがキツいわけでもないのに眩しそうに目を細め、勇気の背中を叩いた。軽く叩いた。

「じゃあ頼むぞ」

仕事を任せるような口調だった。たったこれだけの言葉なのに、一人前の大人に扱われた気がした。勇気は、お父さんの顔を見て返事をした。

「うん。任せて」

堤防沿いには、古びた民家が並んでいた。庭には畑らしきものもあり、黄色い花が咲いていた。

「菜の花だな」

お父さんが教えてくれた。千葉県の県花でもあるという。こんなふうに、たくさん咲いているのを見たのは初めてだ。実物の菜の花畑を見たのも、初めてのような気がする。

その他にも、どこかの家の庭先に桜があって、薄紅色の花が咲いていた。風が吹くたびに花びらが舞っている。ふとピアノの音が聞こえた。ただその音は遠くて、どこで弾いているのかは分からない。

それにしても、やっぱり静かな町だ。家があって畑があるのだから人が住んでいるはずなのに、さっきから一人も見かけない。堤防を歩いているのは、勇気とお父さんだけだった。

考えてみると、お父さんと並んで歩くのは久しぶりだ。小学校低学年くらいまでは、一緒に散歩したり買い物に行ったりしていたが、いつの間にか行かなくなった。勇気が外出しなくなったせいだ。そのときは、散歩するよりもゲームをやりたかった。アニメを見たり、漫画を読んでいたかった。今になって、もっと一緒に歩けばよかったと後悔する。

夏になったら、勇気はお母さんと暮らすことになっている。お父さんと並んで歩くことは、当分ないのかもしれない。永遠にないとは思いたくないけど、人生、どうなるかなんて分からない。

そんなふうに考えたのは、おばあちゃんが死んでしまったせいだ。本当に突然だった。何の前触れもなく死んでしまった。呆気ないほど簡単に別れはやって来た。

「どうして離婚したの？」

勇気は歩きながら、お父さんに聞いてみた。今まで、ちゃんと質問したことはなかった。この町に来なかったら――菜の花や桜が咲いている風景を見なかったら、聞こうと思わなかったかもしれない。

「どうしてって……」

お父さんは驚いた顔をした。こんなところで聞かれるとは思っていなかったのだろう。でも、すぐに真面目な顔になって、一分か二分くらい考え込むように黙ってから、勇気の質問に答えてくれた。

「どうしてだろうな」

返事になっていなかったけど、なぜか納得できた。誤魔化したわけではなく、ちゃんと答えてくれたとも思った。

この世には、分からないことが多い。自分が何を考えているかだって、改めて聞かれると結構分からない。自分がどうしたいのか分からないことがある。大人になっても、分からないことはあるのだろう。

小糸川に目をやると、ひとひらの薄紅色の花びらが、水面に浮かんでいた。ぷかぷかと浮かんだり沈んだりを繰り返しながら、おとぎ話の舟のように海に向かって流れていく。

東京湾は近かった。びっくりするくらい近かった。十分くらいで着くと聞いていたけど、五分と歩かないうちに海が見えてきた。

「もうすぐだな」

お父さんが言った、そのときだった。返事をするみたいに、鳴き声が聞こえてきた。

「ミャーオ、ミャーオ」

一瞬、猫かと思ったが、上のほうから聞こえてくる。空を見たら、鳥が鳴きながら飛んでいた。

「あれ、なんて鳥?」

「ウミネコだよ」

お父さんは教えてくれた。スマホでわざわざ調べて、その画面を勇気に向けた。

うみねこ【海猫】

日本近海の島にすむカモメ科の海鳥。体は白く、背と翼は濃い灰青色。鳴き声は猫に似る。

「猫そのまんまの鳴き声だね」

勇気は、感心して応じた。名前は知っていたけど、ここまで猫そっくりの鳴き声だと思っていなかった。空飛ぶ猫みたいな鳥だ。この世界には、まだ知らないことがたくさんある。

そのとき、玉が鳴いた。

「なー……」

小さな声だったけど、なんとなく、ほっとした。ウミネコを仲間だと思っているのかもしれない。

ミャオミャオ、と鳴くウミネコの声を聞きながら足を進めていくと、やがて砂浜に着いた。やっぱり誰もいない。青い空と海が広がっていて、真っ白な砂浜には足跡さえなかった。まるで海を貸し切りにしたみたいだった。勇気とお父さん、猫の玉、それから、ウミネコがいるだけだ。

それから舗装されていない小道を見つけた。アスファルトの代わりに、白い貝殻が敷かれている。電話で聞いた通りの風景だった。この小道をまっすぐ行けば、ちびねこ亭に着くはずだ。

「あれかな」

白い貝殻の小道の先を、お父さんが指差した。建物があった。二階建てで、壁が青い。お洒落《しゃれ》な雰囲気の建物で、どことなく海の家みたいな雰囲気だった。

それが間違いなく、ちびねこ亭だと分かったのは、入り口の脇に黒板が置いてあったからだ。

その黒板は、たぶん看板代わりだ。白チョークの文字が見えた。

ちびねこ亭
思い出ごはん、作ります。

黒板に書いてあったのは、それだけじゃない。小さい字で、こんなふうに書いてある。

当店には猫がおります。

子猫の絵もチョークで描いてあった。女の人が書いたみたいな可愛らしい字と絵だった。

男の人が書いた可能性もあるけど、勇気はブログの女の人が書いたのかもしれないと思った。見ているだけで、ほっとする。優しい雰囲気の看板だった。でも、お父さんは戸惑っていた。

「メニューも何も書いてないな」

黒板には、営業時間もお店の連絡先も書いていなかった。猫のことしか書いていない。

「変な店だな」

「うん……」

そんな会話を交わしたときだ。突然、声が聞こえた。下のほうから聞こえた。

「みゃあ」

今度こそ猫の鳴き声だ。看板の絵が鳴いたのかと思ったが、そんなはずはなかった。黒板の裏側に、茶ぶち柄の子猫がいた。顔を上げて勇気とお父さんを見ている。

絵にそっくりだった。説明を聞かなくても分かる。この猫は、ちびねこ亭の子猫だ。お父さんも同じことを考えたらしく、茶ぶち柄の子猫に話しかけた。

「思い出ごはんを食べにきました」

真面目な口調だった。冗談なのか本気なのか分からない。お父さんには、こういうところがあった。

「みゃん」

子猫が返事をした。お父さん以上に真面目な顔をしているけれど、何を言っているのか分からない。じっと、こっちを見ている。

「みゃんと言われましても」

お父さんが困っている。すると助け船を出すようにお店の扉が開いて、男の人が出てきた。二十歳くらいに見えた。もう少し年上かもしれないけど、大人の年齢は分からない。その男の人は、長袖のワイシャツに黒いパンツを穿いて、縁の細い眼鏡をかけていた。そして、少女漫画の主人公みたいにかっこいい顔をしていた。優しい系のイケメンで、女子にモテそうな顔だった。年下とか同い年にだけじゃなく、おばさんたちにも好かれそうだ。

お店の扉をきちんと閉めてから、そのかっこいい顔の男の人が挨拶してきた。

「おはようございます」

東京を朝早く出てきたせいで、時間の感覚がおかしくなっているが、まだ午前十時前だった。

「おはようございます。先日、お電話で思い出ごはんをお願いした田村です」

お父さんは、礼儀正しい。ちゃんと頭を下げている。けれど、男の人のほうがお辞儀が深かった。

「お待ちしておりました。本日はご予約ありがとうございます。ちびねこ亭の福地櫂《ふくちかい》です」

それを追いかけるように、足もとから声が上がった。

「みゃ」

また、茶ぶち柄の子猫が鳴いた。でも、挨拶をしたわけではないらしく、勇気やお父さんのことを見ていなかった。とことこと黒板の裏側から出てくると、お店の入り口の前まで歩いていき、扉の前に座って、もう一度鳴いた。

「みゃん」

早く開けろ、と言っているみたいに聞こえた。お店に入りたいのかもしれない。猫の言葉は分からないけれど、ここまでされれば態度で分かる。

ちびねこ亭の男の人——福地櫂さんは小さくため息をつき、少しだけ厳しい口調で子猫に言った。

「また、外に出ていたんですか？」

「みゃ」

「外に出ては危ないと言ったはずです。事故にあったりカラスに襲われたりしたら、どうするんですか？」

「みゃ」

子猫は返事をするが、あまり反省しているようには見えなかった。たぶん、反省していない。それから、きっとオス猫だ。やんちゃな感じが出ている。

そう言えば、玉も、おばあちゃんの家にいるときは勝手に外に出ていっていた。古い家だと、猫を外に出さないようにするのは難しいのかもしれない。

そんなことを考えていると、櫂さんが、勇気とお父さんに向き直って頭を下げた。

「失礼いたしました」

いいえ、とお父さんは小さく笑ってから、言葉を返した。

「可愛い猫ですね」

「ありがとうございます。当店のちびです」

茶ぶち柄の子猫を紹介した。やっぱり黒板の絵のモデルになった猫みたいだ。看板猫というやつだろう。

——ちびねこ亭のちび。

名前を一瞬でおぼえた。絶対に忘れない店名と猫の名前だ。このお店の名前を考えた人は、天才なのかもしれない。

「みゃあ」

ちびが催促《さいそく》するようにまた鳴き、櫂さんが改めて言った。

「どうぞ、お入りください」

お店の扉を大きく開けてくれた。カランコロンとドアベルが鳴った。だけど、真っ先に入っていったのは、お父さんでも勇気でもなかった。

「みゃん」

すました声で子猫が鳴き、当たり前のように入っていった。

「あなたは――」

櫂さんがため息をついた。困った顔をしている。少女漫画に出てきそうな優しい系のイケメンも、やんちゃな子猫には勝てないみたいだ。


勇気とお父さんは、ちびの後を追いかけて、お店の中に入った。大きな窓があって、海と砂浜が見えた。ウミネコたちが上空を飛んでいる。波の音と、ミャオミャオと鳴くウミネコの声がよく聞こえた。

お店の中には、誰もいなかった。ただ、壁際に大きな古時計が置いてあって、チクタク、チクタクと動いている。『大きな古時計』の歌に出てきそうなヤツだ。その隣には、座り心地のよさそうな椅子が置いてあった。

「みゃ」

ちびが短く鳴いて、その椅子に飛び乗った。我が物顔をしているところを見ると、この子猫専用の椅子なのかもしれない。そのまま丸くなって眠ってしまった。一仕事終えたみたいな感じだ。

「こちらの席でよろしいでしょうか?」

と櫂さんが窓際のテーブルに案内してくれた。手を伸ばせば、海に届きそうな席だった。抜群に眺めがいい。たぶんだけど、このお店で一番いい席だ。

「もちろんです」

お父さんが答えると、櫂さんが椅子を引いた。お父さんが座ると、勇気の椅子まで引いてくれた。こんなふうに扱われたのは初めてだった。緊張した。

「あ……ありがとうございます」

どうにかお礼を言ってから、椅子に腰を下ろした。勇気の隣には、お父さんが座っている。並んで座っても窮屈じゃないくらい、テーブルも椅子もゆったりしていた。当たり前だけど、近所のフードコートとは何もかもが違う。静かで居心地のいい店だった。波の音もウミネコの鳴き声も、古時計の音も優しく聞こえる。

でも、くつろぐ気にはなれなかった。玉のことが気になって仕方ない。一度鳴いただけで、あとはバスケットの中でぴくりとも動かないのだ。死んでしまったかのように静かだった。

バスケットをのぞいてみようと思ったとき、櫂さんが言ってきた。

「玉さまも、お席にどうぞ」

「え？」

勇気は驚いたが、櫂さんは当たり前のことを言うように続けた。

「バスケットに入っていては、思い出ごはんを食べることができませんから」

外に出してもいい、と言っているようだ。

「でも……」

躊躇った。玉が暴れたら迷惑をかけてしまうと思ったのだ。おばあちゃんの家にいたころ、家に入ってきた蟬《せみ》を追いかけて食器を割ったことがあった。また、病院を嫌がって大暴れしたこともあるという。

「ご心配なさらないでください。やんちゃな猫の相手は慣れておりますから」

櫂さんは言い、ちびを見た。自分のことを言われたと分かったらしく、茶ぶち柄の子猫は眠った姿勢のまま面倒くさそうに返事をした。

「みゃん」

さっきから人間の言葉が分かっているみたいだ。勇気は笑ってしまった。お父さんの顔を見ると、小さく頷いた。

なんとなく櫂さんの言う通りにしても大丈夫な気がした。玉は暴れたりしない。このお店では、きっとおとなしくしている。

「それじゃあ」

バスケットの蓋《ふた》を開けた。玉は起きていたらしく顔を上げて鳴いた。

「なー」

その視線の先には、ちびねこ亭の看板猫がいた。挨拶をしたのかもしれない。ちびが、わざわざ顔を上げて挨拶を返した。

「みゃあ」


正面の椅子に、玉を置いた。ちびに向かって挨拶するように鳴きはしたが、相変わらず元気がなかった。暴れるどころか、周囲を見ることもせず椅子の上で丸くなってしまった。眠っているというよりは、疲れ果てて目を閉じているように見える。

自動車にずっと乗っていたせいで疲れたのだろうか？　連れてこないほうがよかったのだろうか？　心配したり後悔したりしていると、櫂さんが言ってきた。

「では、ご予約いただいた思い出ごはんを用意いたします。少々お待ちくださいませ」

丁寧《ていねい》に頭を下げて、キッチンらしき場所に歩いていった。一人でお店をやっているみたいだ。ブログの女の人は、どこにも見当たらなかった。琴子お姉さんと同じように、今日は休みなのかもしれない。

そんなことを思いながら、改めてお店の中を見た。テーブルも椅子も木製で、温かい雰囲気に包まれている。さっきも思ったけど、居心地がいい。春の柔らかな光が射し込んできていて、のんびりしている。

お父さんは窓の外を見ている。視線を追いかけると、ウミネコが砂浜を歩いていて、小さな足跡ができていた。そうしている間も、波の音が聞こえ続けている。

ちびねこ亭には、テレビもないし音楽もかかってないし、漫画も置いてなかった。でも、退屈だとは思わない。波の音を聞いていると、気持ちが落ち着いた。玉が心配なのは相変わらずだけど、どうにか座っていることができた。

それに、長く待つ必要はなかった。十分もしないうちに、バターと甘い香りが漂ってきた。これだけで何を作っているのか分かる。おばあちゃんの思い出ごはんを作ってくれているのだ。

「なー」

目を閉じていた玉が鳴いた。悲しそうな声だった。おばあちゃんを思い出したのかもしれない。遊びに行っていただけの勇気と違い、ずっと一緒に暮らしていたのだから思い出も多いはずだ。

「みゃん」

ちびが鳴き、それが合図だったみたいに、耀さんがキッチンから出てきた。料理を載せた大きなお盆を持っている。勇気たちの座っているテーブルに近づき、それを置くと、アニメに出てくる執事みたいにお辞儀してから、料理の紹介をした。

「お待たせいたしました。特製ホットケーキです」

おばあちゃんの思い出ごはんは、熱々のホットケーキだった。ホットミルクも添えられている。

ホットケーキとパンケーキがどう違うのか？　気になってネットで調べたことがあった。違いがないと書いてあるサイトもあったけど、チョコボールやハイチュウを作っている森永製菓では、甘いやつを「ホットケーキ」、甘くなくて食事に合うようなものを「パンケーキ」としていた。

すると、おばあちゃんの作っていたのはホットケーキだ。かなり甘かった。勇気が遊びに行くたびに、ふかふかで甘いホットケーキを焼いてくれた。お父さんが子どもだったころから作っていて、おばあちゃんの得意料理みたいだ。ホットミルクを一緒に出すのも、昔からのことだったらしい。

「懐かしいなあ」

お父さんが言った。ちなみに、猫には人間の食べ物を与えないほうがいい。毒になることがあるからだ。だから、おばあちゃんの家でも、玉のホットケーキはなかった。

でも、においは好きだったみたいだ。おばあちゃんがホットケーキを焼くと、そばに寄ってきて皿をのぞき、訴えるように鳴いていた。

「なー」

今より元気で、甘えるような声をしていた。おばあちゃんは玉の頭を撫でてから、猫用のおやつを差し出した。

「玉には、これをあげようね」

「なー」

嬉しそうにしっぽを振っていた。玉も勇気も、おばあちゃんに甘えきっていた。ふたりとも、おばあちゃんのことが大好きだった。本当に、本当に大好きだった。

二度と戻ってこない昔の記憶が、勇気の脳裏に浮かんでいた。中学校受験から逃げる前の自分がそこにいた。お父さんとお母さんが離婚するなんて、想像さえしていなかったころだ。ずっと一緒に暮らせると思っていた。おばあちゃんが死んでしまうとも思っていなかった。

また、泣きそうになった。鼻の奥が熱くてツンとする。今にも涙があふれてきそうだった。だけど、こんなところで泣いたら恥ずかしい。ここはお店で、お父さんだけではなく耀さんもいる。

勇気は涙をこらえた。歯を食いしばって嗚咽と涙を呑み込んだ。どうにか泣かずに済んだ。そんなことをしていると、耀さんの控え目な声が言ってきた。

「どうぞ、お召し上がりください」

「いただきます」

お父さんが言って、フォークを手に取った。テーブルの上にナイフは置いてなかった。おばあちゃんもフォークしか添えなかったので、わざとこうしているのだろう。思い返してみると、箸《はし》で食べたこともあった。お好み焼きを食べるみたいに食べた。

そんな些細《ささい》なことが、おかしかった。おかげで気持ちが少し落ち着いた。泣かずにホットケーキを見ることができた。

三センチはありそうな分厚い生地が三枚も重なっていた。きつね色に焼けたホットケーキの上にはバターが置いてあって、熱で溶け始めていた。メープルシロップはかかっていない。

美味しそうだった。シロップがなくても、美味しそうだ。バターとホットケーキの甘い香りが、食欲を刺激した。この日、勇気は朝からあまり食べていなかった。おばあちゃんが死んでから食欲をなくしたのは、玉だけではなかった。

「……いただきます」

呟くように言って、最初にホットミルクを飲んだ。はちみつの香りがした。温かい牛乳と混じり合い、身体に染み込んでいく。おばあちゃんの作ったホットミルクと同じ味がした。

「地元のはちみつを使いました」

耀さんが説明を加えた。テレビや雑誌で何度も紹介されている専門店が、君津市にあるという。ミード（蜂蜜酒）やジュース、お菓子も扱っている『はちみつ工房』というお店だ。ネットでも買えるみたいなので、おばあちゃんも取り寄せていたのかもしれない。そう思ってしまうくらい、ホットミルクの味は似ていた。

勇気は、湯気の立つカップを置き、フォークを手に取った。そして、ホットケーキを切った。ナイフがなくても、簡単に切ることができた。

溶けたバターが載っているホットケーキを口に運び、ゆっくりと噛んだ。きつね色の表面はサクサクしていて、中身はふんわりとやわらかい。甘い生地は、バターの塩気とよく合う。ホットミルクとの相性も抜群だ。

「旨《うま》いなあ」

お父さんがしみじみ言った。本当に美味しかった。おばあちゃんの作ったホットケーキそのものだ。燿さんは、思い出の料理を正確に再現してくれていた。

でも、おばあちゃんは現れない。出てくる気配さえない。これだけ食べても、御子柴さんから聞いたような——ブログに書いてあったような奇跡は起こらなかった。

「なー……」

玉が悲しげに鳴いた。おばあちゃんのことを思い出した分だけ、余計に寂しくなったのだろう。椅子の上で身体を丸めてしまった。その気持ちはよく分かる。勇気には、玉の寂しさがよく分かった。勇気も寂しかった。

急に食欲がなくなった。ホットケーキは、食べかけのまま残っている。はちみつ入りの牛乳も、たくさん残っている。まだ温かく、かすかに湯気が立っているけど、すぐに冷めてしまうだろう。

こうなっても、御子柴さんやブログの女の人が嘘をついたとは思わなかった。自分には奇跡が起こらなかった。ただ、それだけだ。きっと、それだけだ。勇気の人生には、いいことなんて一つも起こらない。今までもそうだったし、これからも、そうに決まっている。

いろいろなことを諦めて、持っていたフォークを置こうとしたときだった。櫂さんが小さな瓶をテーブルに置いた。

「こちらをお試しください」

「これは――」

お父さんが、はっとした顔になった。蓋を開けるより早く、瓶の中身に気づいたようだ。勇気にも分かった。毎年、おばあちゃんがこれと同じものを作っていた。何度も食べている。

思い出ごはんの予約電話をしたとき、お父さんが話したはずなのに、出てくるまで忘れていた。記憶の片隅にもなかった。

櫂さんが蓋を開けて、瓶の中身を教えてくれた。

「夏みかんのジャムです」

おばあちゃんの家には小さな畑があって、夏みかんの木があった。二階建ての家の屋根くらいある大きな木で、お父さんが子どものころから生えていたという。

初夏に白い花をつけ、秋に果実を結ぶ。おばあちゃんの家の夏みかんは、グレープフルーツくらいの大きさだった。そのまま食べると、かなり酸っぱい。だから、おばあちゃんはジャムを作っていた。

正確には、マーマレードと言うのかもしれないが、おばあちゃんは「夏みかんジャム」と呼んでいた。作った本人がそう言っていたのだから、夏みかんジャムだ。正確な呼び方じゃなくても問題ない。とにかく絶品だった。こんがりと焼いたトーストに付けて食べても美味しかったけど、勇気のお気に入りはホットケーキと一緒に食べることだった。

「……食べてもいいですか？」

「ええ。もちろんです」

燿さんが頷いた。食べるのをやめようとしていたくせに、勇気は食べたくて仕方がなかった。

ホットケーキは家でも食べることができるけど、夏みかんジャムはレアだ。スーパーやデパートに行けば売っているかもしれないが、おばあちゃんの作ったジャムしか口にしたことがなかった。

「いただきます」

さっき言った言葉を繰り返した。そして、夏みかんジャムをすくい、自分の皿に載せた。

一口目はホットケーキに付けずに食べた。そのとたん、夏みかんの酸味が口いっぱいに広がった。

おばあちゃんの家の夏みかんは酸っぱくて、そのままでは食べられたものではなかったが、ジャムにすると急に美味しくなる。甘酸っぱい美味しさは、他の果物のジャムでは味わえないものだ。

二口目は、ホットケーキに載せて食べた。やっぱり美味しい。夏みかんジャムが、生地の甘さを引き立てているみたいだ。いくら食べても飽きない。ミルクを飲むのも忘れて、ホットケーキを半分以上も食べた。

間違いなく、おばあちゃんの味だ。おばあちゃんの作った夏みかんジャムの味がする。

勇気は満足したけど、お父さんはずっと黙っている。静かだった。

というか静かすぎる。フォークの音さえ聞こえてこない。まるで、いなくなってしまったみたいだ。

気になり出すと、食事どころではなくなる。手を止めて隣の席を見た。すると、お父さんの姿が消えていた。本当に、いなくなっていた。お店の中を見回しても、見つけることができない。数秒前まで隣の席にいたはずなのに、店内のどこにもいなかった。

〝お父さん……？〞

呼んでみた。返事はなかった。しかも、自分の声がくぐもって聞こえる。風邪でも引いたのかと思ったけど、喉《のど》は痛くない。

〝おかしいな〞

独り言を呟き、首をひねって、ぎょっとした。お父さんだけでなく、櫂さんまでいなくなっていた。キッチンにいる気配もない。

〝すみませんっ！〞

大きな声を出しても、やっぱり返事はない。声もくぐもったままだ。櫂さんも消えてしまった。お父さんと同じように、いなくなった。

でも、ちびと玉はいた。二匹とも顔を上げて、こっちを見ている。ちびねこ亭にいるのは、勇気と猫たちだけだった。

この世に取り残された気がした。お父さんのいない世界は、心細かった。どうしようもなく寂しかった。

〝どうしよう……？〞

猫たちに相談するように呟いたときだ。カランコロン、とドアベルが鳴った。誰かが来た音だ。

勇気は視線を向けた。だけど、何も見えなかった。外の世界が、真っ白になっていたせいだ。比喩《ひゆ》ではなく真っ白だった。ミルク色の壁に塞《ふさ》がれたみたいに、海も空も砂浜も――何も見えない。

〝霧？〟

他に考えようがないけど、こんなに濃い霧が発生するなんて普通じゃない。きっと、とんでもないことが起こっている。勇気がホットケーキを食べている間に、世界が終わってしまったのだろうか？

ニュースを見ても悪い知らせばかりで、いつ世界が終わっても不思議じゃないように感じていた。本当に終わってしまったのだろうか？　何が起こったのか考えることさえ怖かった。逃げ出したかったけど、逃げる場所はない。お父さんがいなくなってしまったのだから頼る人もいない。身体が震えて止まらなくなった。

〝そうだ、お母さん〟

すがるように呟いた。お母さんなら助けてくれそうな気がした。勇気はスマホを取り出して、電話をかけようとした。

しかし画面は真っ暗だった。電源ボタンを押しても、真っ暗なままだ。どこを押しても反応しなかった。壊れてしまったのだろうか？　それとも世界が終わると、スマホの電源も入らなくなるのだろうか？

諦めきれずに電源ボタンを押し続けていると、足音が聞こえてきた。外の世界から聞こえてくる。ちびねこ亭に近づいてきていた。

何を考える暇もなかった。足音に気づいてから何秒もしないうちに、霧の中に人影が浮かんだ。お店の前の黒板のあるあたりで、立ち止まっているみたいだ。

その人影を見た瞬間、怖くなくなった。身体の震えも止まった。まだ何も見えないのに――ただの白い影にしか見えないのに、誰だか分かった。誰がやって来たのか分かった。

それは勇気だけではなかった。

〝なー、なー〟

玉が鳴き声を上げた。くぐもってはいたけれど、甘えた声だった。椅子の上で立ち上がって、白い影に向かって鳴いている。

〝みゃあ〟

ちびも鳴いた。こっちは冷静な感じだった。ただ、やっぱり白い影を見ている。迎え入れるみたいに見ている。

猫たちの鳴き声に招き入れられたみたいに、白い影がお店に入ってきた。静かに扉を閉めて、勇気のほうに歩いてくる。

〝……おばあちゃん？〟

ようやく言った。やっと言うことができた。

〝ええ。そうよ〟

白い影が返事をした。その瞬間、顔と姿が見えた。死んだはずのおばあちゃんだった。生きていたときと同じ姿で――最後に会ったときに見たのと同じ顔で、勇気の前に現れたのだった。

〝座ってもいいかしら？〟

〝う……うん〟

勇気の返事を聞いて、おばあちゃんは玉の隣の椅子に腰を下ろした。幻や夢ではなく、正真正銘のおばあちゃんだ。

ちびねこ亭の思い出ごはんを食べるとね、大切な人と会うことができるんだよ。

御子柴さんの話は嘘じゃなかった。ちびねこ亭は詐欺じゃなかった。夏みかんジャムを食べたら、死んでしまったおばあちゃんが本当に現れた。

唖然《あぜん》とする勇気の耳に、もう一つの声が届いた。

死んだ人と会えるのは、思い出ごはんから湯気が立っている間だけなの。冷めるまでしか一緒にいられないのよ。

聞いたことのない女の人の声だった。頭に浮かんだのは、あのブログの女の人だった。よく分からないけど、奇跡の時間は長く続かないらしい。料理が冷めたら、おばあちゃんは帰ってしまう。

それなのに、おばあちゃんに何から話せばいいか分からなかった。すると、今度は、見たこともないシーンが頭に浮かんだ。それは、橋本と中里が、ちびねこ亭のこの席に座って話をしているところだった。

どうしてだか分からないけど、声まで聞こえてきた。

〝この湯気が、私のごはんなの〞

〝湯気がごはん？〞

〝そう。正確には、においかなあ。死んじゃうと、この世のものは、何も食べられなくなるの〞

だから仏壇やお墓に線香を上げるのだと教えてくれた。線香の煙が、死んだ人の食事だという。

〝冷めちゃうと、においを感じなくなるの。だから、文香がここにいられるのは、お料理が冷めるまでなんだって〟

〝え……？　そ、それって、消えちゃうってこと？〟

〝消えちゃうっていうか、あの世に帰るの〟

胸が痛くなった。ショックだった。中里が死んでしまったことを知ったからだ。塾で聞いた噂は本当だった。本当に死んでいた。初恋の女子は、もう、この世にいない。

橋本と中里は、ちびねこ亭でわずかな時間を一緒にすごした。そして、終わりの時間が訪れる。別れの言葉が聞こえてきた。最後のシーンが頭の奥に浮かんだ。

〝もう行かなきゃ。橋本君、会いに来てくれてありがとう。お話ししてくれてありがとう。バイバイ〟

中里の姿は、すでに消えている。橋本が、〝バイバイ〟と言った。泣きたいくせに、無理やり笑っている。

そんな二人の姿が、どうしようもなく悲しかった。勇気は後悔した。嫉妬なんかしなければよかった。からかうようなことを言わなければよかった。中里に謝りたかった。中里の人生を——彼女の大切な時間をメチャクチャにしてしまった。

申し訳なさで息が詰まりそうになった。自分のやってしまったことから逃げ出すように顔を伏せていると、くぐもった声が話しかけてきた。

〝大丈夫よ〟

おばあちゃんの声だった。勇気の考えていることが分かるらしく、優しい声で教えてくれた。

〝ちゃんと自分の気持ちを伝えてたから。お互いにね〟

よかった、と勇気は思った。両思いになったのなら、よかった。勇気の初恋は失恋に終わったけど、中里を嫌いになったわけじゃない。中里に幸せな時間があったのなら嬉しい。

そのとき、ふたたび、ちびが鳴いた。

〝みゃ〟

呼ばれた気がして顔を向けた。目に飛び込んできたのは、茶ぶち柄の子猫ではなく、チクタク、チクタクと音を立てて動く古時計だった。時計は止まることなく動き続けていた。

針が進んでいく。

時間が流れていく。

残された時間が、一秒また一秒と減っていく。かけがえのない時間が通りすぎていく。

ちびは、そのことを教えようとしたのかもしれない。テーブルの上に視線を戻すと、ホットケーキはすでに冷めてしまい、ミルクの湯気もほとんど消えていた。

死んだ人のごはんは、においや湯気らしい。だから冷めてしまえば死んだ人の食事の時間は終わり、ちびねこ亭にいることができなくなる。天国に帰ってしまう。この世から、いなくなってしまう。

そう思っている間も、思い出ごはんは冷めていく。まだ、おばあちゃんと何も話していないのに終わってしまう。おばあちゃんが帰ってしまう。そして、たぶん、この世では二度と会えない。

〝なー〟

玉が鳴き、おばあちゃんのそばにいった。甘えるように背中をこすりつけている。死んでいるはずなのに、触れることができるみたいだ。おばあちゃんは微笑《ほほえ》み、玉の背中を優しく撫でながら話しかけた。

〝おぼえていてくれたの？〟

〝なー〟

くぐもった声で返事をした。玉は、おばあちゃんから離れようとしない。大好きなおばあちゃんに会えて、嬉しそうだった。でも、すぐに、おばあちゃんはいなくなってしまう。別れなければならない。

玉だって嫌だよな。おばあちゃんと一緒にいたいよな。そう思った瞬間、勇気の口から言葉があふれ出した。

〝ぼくと玉をあの世に連れていってくれない？〟

お父さんには言えない言葉だ。絶対に言えない。でも、勇気はこの言葉を言いたくて、おばあちゃんに頼みたくて、ここに来た。

元気をなくした玉を心配していたのは嘘じゃないけど、それ以上に逃げ出したかった。辛い現実から逃げ出したかった。

私立中学校には行けない。お父さんとお母さんは離婚して、家族はバラバラになってしまった。好きだった女子は死んでしまった。おばあちゃんもいない。おばあちゃんが住んでいた家も取り壊されてしまう。庭も、小さな畑も、大きな夏みかんの木もなくなってしまう。

この世界は辛すぎる。寂しすぎる。悲しすぎる。ニュースを見たって、嫌なことばかりだ。大切なものは取り上げられ、自分の将来に夢を抱《いだ》くことさえできない。生きていたって、この先、いいことが起こるとは思えなかった。嫌なことばかりが起こるこの世界で生きていたくなかった。生きていけると思わなかった。

泣き言を言っているのは分かっている。けれど、その泣き言を言える相手は、おばあちゃんだけだった。

〝ぼくは、もう駄目なんだ〟

呟いた声は、どうしようもなく小さかった。自分の情けなさに、また涙があふれてきた。そのくせ卑怯《ひきょう》なことを考えていた。こうして涙を流してみせれば、おばあちゃんが同情して、あの世に連れていってくれると期待していた。でも、期待通りにはいかなかった。

〝そうね。確かに、あなたは駄目だったのかもしれない〟

おばあちゃんが言ったのだった。その言葉は、ショックだった。駄目だ、と言われた。自分で言い出したくせに、目の前が暗くなった。おばあちゃんにも見放されてしまったと思った。

だけど違った。おばあちゃんは、勇気を突き放したわけではなかった。見捨てたわけではなかった。

〝駄目だったのは、昨日までのあなた。もう終わったことよ〟

〝終わったこと?〟

〝そうよ。だって、昨日は帰って来ないもの。だから終わったこと。だけどね、その代わり明日が来る。あなたには、たくさんの明日が残っている〟

たくさんの明日。

昨日とは違う日。

〝あなただけじゃない。お父さんにもお母さんにも、玉にも、生きているかぎり明日が残っている。明日が来るの〟

当たり前だけど、当たり前じゃなかった。例えば、おばあちゃんには、明日は来ない。中里だってそうだ。明日は残っていない。あんなに成績がよかったのに、明日はなくなってしまった。そして、ここで勇気が死んでしまえば、勇気の明日もなくなってしまう。今日で終わりだ。

〝なー〟

足もとから鳴き声が聞こえた。いつの間にか、玉がすぐそばにいた。少し首を傾《かし》げて、こっちを見ている。何かを訴えるような顔だった。まだ、あの世に行きたくないと言っているみたいに感じた。

その顔を見ているうちに、悪いことをしてしまったと気づいた。おばあちゃんが死んで元気をなくしていたものの、死にたいなんて玉は言っていない。一度だって言っていない。ただ悲しみに耐えていただけだ。

〝ごめんよ〟

心を込めて、おばあちゃんの猫に謝った。道連れにしようとしたことを謝った。玉の明日を奪おうとしたことを謝った。

〝なー〟

玉が面倒くさそうに鳴いた。勇気を許してくれたように思えた。ありがとうとお礼を言おうとしたが、すでにこっちを見ていなかった。とことこと席に戻っていき、椅子に飛び乗って寝てしまった。その寝顔は安らかだった。おばあちゃんに会えて、ほっとしたのかもしれない。

そんな玉に声をかけるように、ちびが小さく鳴いた。

〝みゃん〟

さらに時計の針が進んだ。もう、思い出ごはんの湯気を見る勇気はない。奇跡の時間の終わりが――おばあちゃんとの二度目の別れが迫っていた。

最後に何を話そうかと考えていると、おばあちゃんが切り出した。

〝勇気にお願いがあるんだけど、聞いてもらえる?〟

〝うん。いいよ〟

お願いの中身を聞かずに頷いた。安請け合いしたわけじゃない。こんな自分にできることなら何でもするつもりだった。できなそうなことでも、がんばってみるつもりだった。けれど、おばあちゃんのお願いは難しいことではなかった。ただ、意外なものだった。

〝おばあちゃんね、ツイッターをやっていたの〟

〝ツイッター……〟

思わず繰り返した。勇気はやっていないが、それが何なのかは知っている。SNSだ。七十代の利用者も珍しくないという。

〝そこでね、いろいろな人に仲よくしてもらったの。だけど、急に死んじゃったでしょう? だから、お別れをすることができなかったの〟

寂しそうに言った。声が沈んでいる。SNSで出会った人たちのことを思い出しているみたいだ。

すぐ近くに勇気やお父さんが住んでいたとはいえ、おばあちゃんは一人暮らしだった。寂しいときもあっただろう。そんなとき、話す相手がいるのは救われる。人との出会いで傷つくこともあるけれど、生きる力になることだってある。

別れを惜しむように何秒か黙った後、ようやく、お願いの中身を口にした。

〝おばあちゃんの代わりに、さよならを言って欲しいの。今まで、ありがとうって呟いて欲しいの〟

ツイッターには、タブレットで書き込んでいたという。そのタブレットは、勇気が形見にもらっていた。まだ電源を入れていないけど、そこからツイッターにログインできるようになっているらしい。そんな説明を聞いてから、勇気は頷いた。

〝分かった〟

おばあちゃんがほっとした顔になった。実際に会ったことがなくても、大切な友達だったのだろう。

〝ありがとう。そのことが気がかりだったの〟

〝任せておいて〟

勇気は約束した。おばあちゃんの大好きだった人たちに、さよなら、ありがとうと伝えることを──。

その瞬間、音が鳴った。

カラン、コロン。

ドアベルの音だった。そっちを見ると、ちびねこ亭の扉が開いていた。でも誰もいない。誰かが来たわけでもないのに、勝手に開いたみたいだ。そして、その音もくぐもっていた。

〝そろそろ帰らなくちゃ〟

おばあちゃんの声が聞こえた。その姿は、ほとんど見えなくなっていた。勇気は止めようとしたけど、声が出なかった。身体も動かない。

思い出ごはんの湯気が完全になくなり、その代わりのように外から霧が入り込んできた。一寸先も見えないほどの濃い霧だった。おばあちゃんの姿が完全に見えなくなった。

〝みんなのことをお願いね〟

声だけが聞こえた。席を立ち、テーブルから離れていく気配があった。勇気は、やっぱり動けない。声も出せないまま、おばあちゃんの声を聞いていた。椅子に座ったまま、さよならの言葉を聞いた。

〝玉のことも、お父さんのことも、お母さんのこともお願いね〟

それが、おばあちゃんの最後の言葉だった。ちびねこ亭の扉が、ゆっくりと閉まった。ドアベルの音が勇気の耳に届いた。

カラン、コロン。

その音は、もう、くぐもっていなかった。

○

元の世界に戻ってきた。お父さんも櫂さんも普通にいた。窓の外を見ても、霧なんてどこにもなかった。来たときと同じように、海と空、砂浜が広がり、ウミネコが歩いている。動かなかったはずの身体が、当たり前のように動いた。自分の頬に触れてみると、涙が残っている。少し頭も痛い。たくさん泣いた感覚があった。

「なー」

玉が鳴いた。もう、くぐもっていないけど、悲しそうな声でもなかった。椅子から飛び降りて、勇気のほうにやって来た。そして、おばあちゃんの家にいたときと同じように、勇気の足に自分の身体を擦りつけた。その格好のまま勇気の目を見て、もう一度、小さく鳴いた。優しい声で鳴いた。

「なー」

——元気になったわけじゃないけど、がんばってみるから。

猫の言葉なんて分からないくせに、そう言われた気がした。おまえもがんばれよ。そう励まされた気もした。

奇跡の時間は終わった。おばあちゃんは帰ってしまった。だけど、胸には温かさが残っていた。明日も明後日も、勇気が大人になっても、この温かさが残っているだろう。きっと残っている。

勇気は櫂さんの顔を見て、くぐもっていない声でお礼を言った。

「ごちそうさま。すごく……すごく美味しかったです」

○

「お気をつけてお帰りください」

「みゃあ」

櫂さんとちびが、お店の前まで見送ってくれた。ちびねこ亭は朝ごはんのお店なので、これから看板代わりの黒板を片付けるのかもしれない。そろそろ閉店の時間だ。

「お世話になりました」

お父さんが、お礼を言った。勇気も一緒に頭を下げた。耀さんにも、それから、ちびにもお世話になった。何かお礼をしたかった。すると、チョコレートを持ってきたことを思い出した。それを取り出し、耀さんに差し出しながら言った。

「あの……。これ……。もらったものですけど」

お母さんが送ってきた、フランスのチョコレートだ。音楽家のショパンゆかりの店で買ったと言っていた。

ただ、初めて会ったお店の人にあげるものではないのかもしれない。迷惑がられるかと思いもしたが、耀さんはそんな顔をしなかった。口もとを優しくほころばせ、チョコレートを受け取ってくれた。

「ありがとうございます。店で使わせていただくことがあるかもしれませんが、よろしいでしょうか？」

誰かの思い出ごはんになる、ということだろうか？　だとしたら、こんなに嬉しいことはない。

「はい。もちろんです」

その返事に、ちびが反応した。

「みゃん」

思わせぶりな鳴き方だった。これから起こる何かを知っているように聞こえたのは、きっと気のせいだろう。もう奇跡は終わった。目の前にいるのは、ただの可愛らしい子猫だ。そう思っていると、玉がバスケットの中で鳴いた。

「なー」

ちびねこ亭を後にし、二人で白い貝殻の小道を歩いた。やがて砂浜に出た。ちびねこ亭は、もう見えない。

海辺は静かだった。見渡すかぎり誰もいない。相変わらず、人間の姿はなかった。その代わりみたいに、ウミネコが我が物顔で空を飛んでいる。ときどき、勇気とお父さんに話しかけてくるように鳴いた。

「ミャーオ、ミャーオ」

何度聞いても、猫みたいな鳴き声だ。玉がバスケットの中から返事をした。

「なー」

「ミャオ、ミャーオ」

「なー、なー」

「ミャオ」

猫と海鳥が、会話しているみたいに聞こえた。おかしかった。勇気は笑い、お父さんは微笑んだ。玉たちの会話の邪魔をしないように、二人は無言で歩いていく。何もしゃべらなかった。

何分か歩いたところで、ふと視線を落とすと、桜の花びらが砂浜に落ちていた。春の風が運んで来たのだろうか。一枚《ひとひら》しかないところを見ると、勇気かお父さんの身体にくっついていたのかもしれない。綺麗な、とても綺麗な薄紅色をしていた。その花びらに目を落とし、お父さんが残念そうに言った。

「せっかく来たのに、おばあちゃんに会えなかったな」

一緒に思い出ごはんを食べたのに、同じものを食べたのに、お父さんには奇跡が起こらなかったみたいだ。勇気や玉がおばあちゃんと会ったことも知らない。

——ちゃんと会えたよ。

そう言ったほうがよかったのかもしれないけど、おばあちゃんのことを教えたほうがよかったのかもしれないけど、勇気は黙っていた。上手く説明できないだろうし、あのとき起こったことを話したら、また泣いてしまいそうだったから。泣いてばかりいられない。

「でも、いい店だったな」

「うん」

また行こうよ、と言いかけて、勇気は言葉に詰まった。もうすぐ、お父さんと離ればなれになることを思い出していた。これからも会えるのかは分からない。何も聞いていなかった。

どうすればいいのか分からなくなった。お母さんとも一緒に暮らしたいし、お父さんとも離れたくない。二度と会えなくなるなんて嫌だった。

勇気は、うつむいてしまった。視線の先には、バスケットがあって桜の花びらが載っていた。顔を上げることができなかった。泣かないと決めたばかりなのに、お父さんとお母さんと離れたくなくて涙があふれてきた。そのとき、玉がまた鳴いた。

「なー」

不思議なことが起こった。どこからともなく、中里の声が聞こえてきた。くぐもってはいるけど、間違いなく中里の声だった。


誰かを好きになったり、好きになられたりするのって幸せだよね。

そんな言葉を聞いた記憶はないのに、勇気の頭の中で再生された。中里がしゃべっている姿が思い浮かんだ。

お父さんとお母さんが恋をして――好きになったり好きになられたりして、勇気が生まれた。離婚しても、そのことに変わりはない。夫婦じゃなくなっても、そのことは変わらない。お父さんとお母さんは、幸せだったということだ。自分は、幸せの証《あかし》だ。

ふいに、おばあちゃんの言葉を思い出した。

玉のことも、お父さんのことも、お母さんのこともお願いね。

頼まれたのだから、がんばってみよう。何もできないと諦めるのは、まだ早い。逃げてばかりの駄目な自分だけど、たくさんの明日が残っている。変えることのできる未来がある。まずは話すことから始めよう。小さなことでもいいから、自分のできることから始めよう。

そっと深呼吸をし、お父さんに言った。

「お母さんが帰ってきたら、また、ちびねこ亭に来ようよ。今度は三人でさ。お母さんと一緒に食べに来ようよ」

櫂さんなら、お父さんとお母さんの思い出ごはんも作ってくれる。それで離婚がなくなりはしないかもしれないけど、幸せな時間をすごすことはできる。少なくとも、その時間は一緒にいられる。家族三人で一緒にいられる。

勇気はそう思ったが、間違っていた。それを指摘したのは、おばあちゃん猫だった。

「なー」

玉が抗議するみたいに鳴いた。お父さんは吹き出し、勇気の言葉をさりげなく訂正した。

「そうだな。お父さんとお母さんと勇気、それから、玉の家族よにんで食べに来るか」

「うん!」

前を向いて返事をすると、ウミネコが海の上で弧を描いた。空を飛びながら、ミャオミャオと鳴いている。自由な猫みたいに鳴いていた。

ちびねこ亭特製レシピ

夏みかんジャム

材料

・夏みかん　好みの量

・砂糖　夏みかんの1/3程度の量

作り方

1　夏みかんの皮を剝き、細い千切りにして、一晩を目安に水にさらす。ときどき水を替えること。それでも苦味が気になる場合は、２～３分ほど沸騰した湯で煮る。

2　実の袋を取り、薄皮を丁寧に剝く。夏みかんの苦味が好きな場合は、多めに残す。

3　１と２を鍋に入れて、砂糖を入れて混ぜる。冷蔵庫に入れて、２～３時間ほど寝かせる。

4　焦げないように火力を調整しながら、コンロで10～20分を目安に煮詰める。フレッシュなジャムが好きな場合は、加熱時間を短くする。

5　煮沸消毒した瓶などの容器に移して完成。

ポイント

砂糖の量は、好みで調整してください。夏みかんの皮の重さを目安にする方法もあります。また、夏みかんの種を一緒に煮ると、とろみがつきます。その場合には、お茶パックやだし用パックをご利用ください。

ぬいぐるみ猫と卵粥《たまごがゆ》

風鈴堂《ふうりんどう》

ジブリの世界観を思わせる〝清水渓流広場《しみずけいりゅう》・濃溝《のうみぞ》（農溝）の滝〟近くに平成28年9月1日にオープンしたお米とたまごの美味しい小さなレストランです。

君津産の新鮮な鶏卵と十穀米を使った『〜永光卵《えいこうらん》かおるしそときのこの十穀米〜　とろっと和ムライス』は当店のおススメです！

また、君津牛乳　生乳仕込み「きみつソフト」も甘すぎず濃厚なのに後味サッパリとした味わいのソフトクリームで好評です。

〜　主なメニュー　〜

・とろっと和ムライス　・永光卵のオムライス　・究極の卵かけごはん

・きみつソフト　・きみつプリン

きみなび（ホームページ）より

佐藤正弥《さとうまさや》と出会ったのは、勤め先の保育園だった。二人とも保育士で、正弥は先輩に当たる。五歳年上だ。理々《りり》の恋は、そんなふうに始まった。平凡だけど、穏やかな恋だった。喧嘩《けんか》もたくさんしたが、彼を嫌いになることはなかった。

一年間の交際を経て、理々の二十二歳の誕生日にプロポーズをされた。その月のうちに籍を入れて、結婚式を挙げた。そして妊娠した。

保育士だからというわけでもないが、自分も正弥も子ども好きだ。だから、赤ん坊ができたと聞いたときは、二人で手を取り合って喜んだ。正弥は理々にこんなことを言った。

「ありがとう」

「何のお礼？」

理々が聞き返すと、彼は真面目な顔で答えた。

「ぼくと出会ってくれて、ありがとう。ぼくと結婚してくれて、ありがとう。幸せな人生をありがとう」

こんなときに、こんな台詞《せりふ》を言うのは卑怯《ひきょう》だ。ひどい夫だ。自分の妻を泣かそうとしている。

――ありがとうは、私のほうだよ。

言い返してやろうとしたが、言葉が出てこなかった。その代わり、まぶたの奥から涙があふれ出た。笑いながら泣いていた。ぽたぽたと落ちる温かい水滴が、理々の膝に水玉模様を作った。

幸せすぎて泣く日が来るとは思わなかった。ありがとう、と言われて泣く日が来るとは思わなかった。

幸せだった。

間違いなく幸せだった。

産休はしっかり取ることができた。理々の勤めている保育園は薄給だが、産休を取りにくい職場ではなかった。

「子どもは、国の宝。大切にするのは、当然のことよ。産休も育休も大いばりで取りなさい」

七十三歳になる園長先生の口癖《くちぐせ》だった。事あるごとに、保育士たちに言った。男性にも育休を取ることをすすめた。そんな園長先生自身には、子どもはいない。詳しい事情は知らないけれど、若いころに病気になって妊娠できない身体になったという。結婚もしていなかった。

「だから、みんなが私の子どもだと思って生きているの。子どもだけじゃなくて、孫やひ孫もたくさんいるってね」

理々は、園長先生を尊敬していた。育児が一段落したら、この保育園に戻ってくるつもりだった。本当に、本当に、そのつもりだった。


二人の暮らすマンションは、千葉県木更津市にある。理々の実家は、隣の君津市だ。ほとんど地元と変わりがない。

出産のために実家に戻る女性もいるようだが、理々は帰らなかった。両親との仲が悪いからではなく、マンションから歩いて行ける距離に、大きな病院——総合病院があるからだ。ドクターヘリ基地病院でもあって、千葉県でも指折りの施設を持っている。有名な病院だった。

「こっちから行こうか？　女手があったほうがいいんじゃない？」

母は言ってくれた。理々を心配してくれている。古くさい言い方だったけれど、気持ちは嬉しかった。

でも、面倒を見に来てもらうのは無理がある。父も母もまだ五十代で、会社勤めをしていた。しかも、そろって管理職だった。娘が出産するからといって、何日も仕事を休めないだろう。

「困ったときには連絡するから、そのときは助けて」

そのときは、そう言った。だけど、困ったことなんて起こらないと思っていた。助けを求めることなんて起こらないと思っていた。


産休に入って、すぐのことだった。この日、病院で健診の予定があった。天気がよかったから、病院まで歩いていくことにした。タクシー代を節約しようと思ったわけではない。

「少し動かないとね」

理々は独りごちた。適度に運動するように病院でも言われているのに、ここ何日か、あまり動いていなかった。家にいると、どうしても運動不足になってしまう。スポーツジムに行こうと思いながら、何となく先延ばしにしていた。今のところ体重は増えていないが、気をつけるに越したことはない。

「明日にでも見学に行こうかなあ」

そんなことを考えながら歩いていたのがいけなかったのかもしれない。

「……あっ」

声が出た。病院に向かう途中にある駅前の歩道だった。そこの段差につまずいて、転んでしまった。冷たい汗が流れた。つまずいたと分かった瞬間、血の気が引いた。

しかし、何ともなかった。本当だ。本当の本当だ。何ともなかった。お腹をぶつけたわけじゃないし、膝をすりむいた以外はどこも痛くなかった。それでも安心することはできない。そのまま病院に行って医者に診てもらった。泣きそうになりながら、転んでしまったことを話し、きちんとした検査も受けた。

「大丈夫です。異常はありません」

四十歳くらいの男性の医者に言われて、やっと気持ちが落ち着いた。膝に絆創膏《ばんそうこう》を貼ってもらい、お腹に手を当てると、ちゃんと動いていた。赤ん坊の生命を感じることができた。

「彩葉《いろは》、ごめんね。びっくりしたよね。本当にごめんなさい」

お腹の赤ん坊に謝った。生まれてくるのは、女の子だと分かっていた。彩葉という名前は、夫婦で相談してつけたものだ。

夫は早くも親バカぶりを発揮している。真面目な顔で悩んでいた。昨夜も、相談された。

「絶対、美人になるよな。きっとモテるよ。彼氏とか紹介されたら、おれ、泣いちゃうかもしれない。どうしたらいいと思う?」

「どうしたらって——」

理々は吹き出した。彩葉に振り回されている正弥の姿を、容易に思い浮かべることができたからだ。

「まだ生まれてもいないのに、気が早いよ」

そう言いながら、理々も母親になった気分でいた。彩葉のためにベビー用品をそろえ、おもちゃを買った。娘の部屋を用意した。悪阻《つわり》はあったが、聞いていたより軽かった。母も軽かったというから、遺伝なのかもしれない。何もかもが順調だった。何もかもが上手くいっていると信じていた。

出産の日を迎えた。人生で一番幸せな日になるはずだった。でも、ならなかった。幸せには、なれなかった。

生まれた赤ん坊は、息をしていなかった。

彩葉は死んでいた。


医療が発達した現在でも、死産はなくなっていない。妊娠後期の二十二週目以降は死産の確率は下がるらしいが、ゼロにはならない。

それなのに、自分の身に起こるとは思っていなかった。お母さんになれると思っていた。幸せな未来がやって来ると信じていた。無邪気に信じていた。

「ママ、あのね」

少し大きくなった彩葉に話しかけられる未来を——「ママ」と呼ばれる明日を疑っていなかった。

でも、やって来なかった。そんな明日は来なかった。お母さんにはなれなかった。その代わりみたいに、夢を見るようになった。転んでしまったときの夢だ。何度も、見る。同じ夢ばかり繰り返し、見る。数え切れないくらい、見た。

その夢を見るたびに、理々は泣いた。自分が転んだせいで、彩葉が死んでしまったと思った。大声で泣いた。わんわん、わんわん泣いた。声が嗄《か》れても、涙は涸《か》れない。悲しくて。苦しくて。やり切れなくて。申し訳なくて。心と身体が震えた。時間を戻せるなら、転んだことを取り消したい。あの日の出来事をなしにしたい。

——どうして転んでしまったんだろう？

自分を問い詰めた。考えずにはいられなかった。病院に歩いていったのが、間違いだったのかもしれない。転ぶような場所を歩くんじゃなかった。タクシーを使えばよかった。

唇を嚙んだ。血が滲むほど強く嚙んだ。涙を流しながら、ボロボロの顔で、嗚咽をこらえるように下唇に歯を立てた。痛かったけど、痛くなかった。こんなの、痛いうちに入らない。

どんなに悔やもうと、過去を変えることはできない。転ばずに済んだ方法を思いつこうと、死んでしまった赤ん坊は帰ってこない。泣いても無駄だ。分かっていたけど、考えずにいられない。泣かずにはいられない。自分を責めずにはいられない。

「違いますよ。あなたのせいじゃありません。転んだのも関係ありません。しっかり検査しましたから」

担当医は言ったが、信じることができなかった。原因不明の死産が起こり得ることは知っている。医者にもそう説明されたし、ネットにも書いてある。

でも自分の身に起こってみると、納得することはできない。転んだせいで、娘が死んでしまったと思うことしかできなかった。そうとしか思えなかった。自分のせいだとしか思えなかった。

「痛かったよね。苦しかったよね」

ごめんね。ごめんね。ごめんね。ごめんね。

理々は謝り続けた。泣き声を上げることさえできずに死んでしまった我が子に謝った。自分のせいで死んでしまった彩葉に謝った。

退院してからも、仕事には戻らなかった。戻れるはずがない。彩葉のために買ったベビー用品やおもちゃの置いてある部屋ですごした。誰もいない子ども部屋にずっといた。

この部屋で、娘は成長するはずだった。夜泣きして親を困らせたり、生意気な口を利《き》いて理々や正弥と喧嘩したり、泣いたり笑ったり、誰かを好きになったり、好きになられたりしながら、大人になっていくはずだった。

だけど、もう、そのときは来ない。保育園に行くこともないし、小学校に行くこともない。友達を作ることも、誰かを好きになることもない。彩葉は死んだ。理々のお腹の中で死んでしまった。

彩葉の使うはずだった子ども部屋には、黒猫のぬいぐるみが置いてある。理々が買ってきたものだ。赤ん坊が死んでしまってから買った。首輪の代わりに、赤いリボンが付いていた。

その黒猫のぬいぐるみを抱き締めて泣いた。わあわあと声を上げて泣いた。いつまでも、いつまでも泣いていた。

誰もが、自分たち夫婦を心配してくれた。家まで来てくれる人もいた。理々は抜け殻のように来客の相手をした。正弥も同じ状態だった。来ないでくれ、と断る気力さえなかった。

ある日、夫の姉が顔を出した。正弥と十歳も違うせいか、理々に対して保護者のように接する。このときも励ますような口調で言った。

「大変だったね。でも、きっと乗り越えられるわ。きっと、大丈夫。二人とも若いんだから」

理々は聞き流していた。意図的に聞き流したわけではない。彩葉が死んでからというもの、他人の言葉が耳を通りすぎていくようになっていたのだった。だから夫が大声を出したときは驚いた。すごく驚いた。

「乗り越えられるって、そんなわけないだろっ！　子どもが死んで大丈夫な親がいるわけないだろっ！」

いつも温厚な正弥がテーブルを叩いて、自分の姉を怒鳴りつけた。目には、涙が滲んでいる。顔を真っ赤にしていた。

義姉《あね》も驚いたようだ。目を白黒させながら、言葉を返そうとする。

「そんなに怒らなくたって――」

「怒ってるんじゃない」

夫は遮《さえぎ》った。でも、もう怒鳴っていない。怒鳴ったのが嘘みたいに、小さな声で義姉に言った。

「悲しんでいるんだ。おれも理々も悲しんでいるんだよ。普通に暮らしているだけで涙があふれてくる。姉さんが励まそうとしているのは分かる。だけど、乗り越えられるなんて言わないでくれ。大丈夫なんて言わないでくれ。彩葉のことを忘れたくないんだ。あの子のことをなかったことにしたくない。乗り越えたくないし、大丈夫になりたくないんだ」

正弥は涙を流していた。彩葉が死んでから、夫はずっと理々を慰めてくれた。自分だって悲しかっただろうに、泣きたかっただろうに、理々を安心させるために笑顔を見せてくれたのだ。

「……ごめんなさい」

義姉は謝り、目を真っ赤にして泣いた。悲しみ方は、人それぞれだ。立場によって変わるし、年齢でも価値観は違う。義姉にしても、彼女なりの方法で彩葉の死を悲しんでくれているのだ。

「大声を出して悪かった」

夫が謝った。穏やかな声に戻っていたけれど、夫の涙は止まらない。正弥は泣き続け、理々も泣いた。義姉も、ごめんなさい、ごめんなさいと謝りながら泣いた。三人で死んでしまった娘のために泣いた。

それが、きっかけだったのかもしれない。自分一人が悲しいわけじゃないと気づいたのかもしれない。その翌日、子ども部屋を片付け始めた。ベビー用品やおもちゃを処分することにしたのだった。彩葉のことを忘れるわけじゃない。けれど、泣いてばかりいるのは違う。そう思ったのだ。

夫は、何も言わずに手伝ってくれた。ときどき泣きながら、二人で彩葉の部屋を空っぽにした。すべてを捨てることはできなかったけれど、それでも、たぶん空っぽになった。

娘が死んでも、月日は流れていく。どんなに悲しいことが起こっても、時間は止まらない。

子ども部屋を片付けてから七年がすぎ、理々は三十歳になった。まだ彩葉を忘れていない。胸の痛みも残っている。正弥が言ったように、大丈夫にはならなかった。この悲しみが癒《い》えることはないだろう。

ある晴れた四月中旬のことだった。理々は病院での診察を終え、中庭のベンチで夫の迎えを待っていた。するとＬＩＮＥが届いた。

「渋滞に巻き込まれちゃった。なるべく早く行くから病院で待ってて」

歩いて帰ることのできる距離だったが、そのつもりはなかった。せっかく迎えに来てくれているのだから、夫が着くのを待つことにした。正弥は、理々を心配してくれている。医者にも、精神的に不安定になっていると言われたばかりだった。勝手に歩かないほうがいい気がした。

また、体力的にも歩きたくなかった。この病院は評判がいい。だから、いつも混んでいる。待ち時間が長く、診察を受けるたびに疲れてしまう。今日は、特に疲れた。スマホを見る気にもなれない。

ぼんやりベンチに座っていると、彩葉のことを考えてしまう。生きていれば、もう小学生だ。そう思った瞬間、赤いランドセルを背負った娘の姿が思い浮かび、涙があふれてきた。疲れているせいかもしれない。病院という場所がいけないのかもしれない。涙を我慢できなかった。両手で顔を隠して泣いてしまった。病院のベンチに座って泣いてしまった。

理々の座っているベンチは、通路から少し外れた場所にあった。人通りはなく、周囲に誰もいなかった。そのはずなのに、声をかけられた。

「大丈夫ですか？」

理々より年上の女性の声だった。誰だって泣いているところは見られたくないものだ。慌てて涙を拭き顔を上げると、会ったことのない女性が立っていた。緩くウェーブさせた茶色い髪をポニーテールにして、ゆったりとしたワンピースを着ている。びっくりするくらいの美人で、人形のような優しい顔をしていた。

「病院の人を呼んできましょうか？」

心配してくれているんだと分かった。その声も優しかった。どうしようもなく心に響く声だった。せっかく拭いた涙が、またあふれ出た。涙が止まらなくなった。耐えきれずに泣いてしまった。

「すぐ呼んできます」

女性が駆け出そうとした。この女性を走らせてはいけない。理々は焦った。大丈夫です、と言おうとしたのに、口をついて出たのは別の言葉だった。胸の中にある悲しみが、あふれてしまったのだ。名前も知らない女性に言った。

「赤ちゃんが死んでしまったんです。私のせいで死んでしまったんです」

何分かが経った。二人はまだ病院の中庭にいた。近くに海があるからだろう。ベンチに座っていると、波の音が聞こえてくるような気がした。混んでいる病院とは思えないくらい静かだった。

――林原《はやしばら》すみれ。

女性はそう名乗った。あとになって気づいたことだが、昔好きだったドラマに出ていた女優と同じ名前だった。その女優は、いつの間にか芸能界を引退していた。テレビから消えてしまった。確認したわけではないけれど、たぶん本人だ。同姓同名でこれだけの美人が、そこらにいるとは思えない。

でも、このときは気づかなかった。そんなことを考える余裕はなかった。自分のことで手一杯だった。あの日から抱えてきた悲しみに、押し潰されそうになっていた。苦しくて苦しくて仕方がなかった。ずっと抑えていた感情を胸に納めていられなくなって、何もかもを話した。

七年前、妊娠中に転んだこと。赤ん坊が死んでしまったこと。黒猫のぬいぐるみのこと。夫が義姉を怒鳴りつけたこと。謝ったこと。夫婦で子ども部屋を片付けたこと。今、こうして病院にいる理由まで話した。憑《つ》かれたように、しゃべり続けた。

迷惑だったろうに、見知らぬ他人の愚痴《ぐち》など聞きたくなかっただろうに、すみれは、何も言わずに聞いてくれた。それから、理々が話し終えるのを待って、独り言みたいに呟いた。

「私も息子を亡くしているんです」

交通事故で死んだ、と言った。その言葉からは、深い悲しみが滲み出ていた。すみれの優しい声は泣いていた。

悲しいに決まっている。泣くのは当然だ。何年すぎようと、我が子を失った傷は癒えない。親は悲しみを忘れない。相づちを打つことさえできずにいると、すみれが唐突に言った。

「ちびねこ亭に行くといいですよ」

「ちびねこ亭……？」

「ええ。君津市にある食堂です。予約をすれば、思い出ごはんを食べることができるの」

「思い出ごはん？」

理々は問い返すことしかできない。すみれは「陰膳のことです」と返事をしてから、不思議な、とても不思議な言葉を付け加えた。


ちびねこ亭で思い出ごはんを食べると、大切な人と会うことができるんです。


「大切な人？」

「この世にいない大切な人のことよ」

そう聞いて、ようやく分かった。思い出ごはんを食べると、死んでしまった人間と会えると言っているのだ。

「信じてもらえないと思うけど——」

前置きするように言いながら、ちびねこ亭の電話番号とだいたいの場所を教えてくれた。東京湾の海辺にある小さな食堂らしい。

普通に考えれば信じられない話だが、嘘ではない気がした。そもそも、彼女が自分に嘘をつく理由はない。

いや、あったとしても構わない。人は、信じたいことを信じる。だから信じた。ちびねこ亭に行って思い出ごはんを食べれば、死んでしまった我が子に、彩葉に会うことができると信じた。娘に会いたかった。会って話したかった。謝りたかった。それから、どうしても言っておきたいことがあった。

「電話してみます」

理々は言った。予約を取れるかさえ分からないのに、ちびねこ亭に行くと決めていた。

三日後の朝、仕事に行く夫を見送ってから、理々はタクシーを呼んだ。あの日のうちに、すみれに教えてもらった番号に電話をして予約をしてあった。簡単に予約を取ることができた。

ただ、ちびねこ亭のことは、正弥に言っていない。これ以上、心配をかけたくなかったからだ。死んでしまった人と会えるなんて話を信じてもらえるとも思えない——。

「そんなことないか」

マンションのエントランスでタクシーを待ちながら、理々は自分の考えを打ち消した。信じてもらえるかは、話してみなければ分からない。正弥のことだから、ちゃんと話を聞いてくれるだろう。信じてくれる可能性だってある。しかし、話さなかった。話そうと思わなかった。きっと一人で行きたいのだ。

暖かい季節だが、念のため上着を持っていくことにした。大きめのバッグをいくつも持っている。そのうちの一つに入れていけばいい。体調を崩さないようにしなければならない。

何分もしないうちに、タクシーが迎えにきた。それに乗り、君津市に向かった。運転手は六十代後半に見える男性で、無口だった。必要なことしか言わない。でも、無愛想という感じではない。ただ静かだった。穏やかで、居心地のいい静かさだ。そのせいだろうか。タクシーに乗った瞬間から、日常と切り離された時間が流れ始めたように思えた。

道路は空いていて、ぼんやりしているうちに小糸川が見えてきた。大雨で氾濫《はんらん》しそうになったこともあったが、今日は穏やかに流れている。川岸にも堤防にも、人影はなかった。

東京湾に着いた。ちびねこ亭は砂浜を抜けた先にあって、少しだけ歩かなければならない。砂浜を歩くことに躊躇《ためら》いはあったけれど、引き返すつもりはなかった。行くと決めていた。行かなければならないと思っていた。

「お気をつけて」

運転手が心配してくれた。ありがとうございます、とお礼を言ってからタクシーを降りて、白い砂浜を歩いた。転ばないように、ゆっくりと歩いた。平日の午前中だからだろうか、海には誰もいなかった。船さえ見えない。だけど猫がいた。

「みゃ」

白い貝殻を敷いた小道があって、そこに茶ぶち柄の子猫が立っていた。しっぽを立てて、理々を見ている。可愛らしい子猫だった。

「迎えに来てくれたの？」

ふざけて聞くと、返事をするように鳴いた。

「みゃん」

そして、理々に背中を向けて歩き出した。案内するみたいに、ゆっくりと歩いていく。本当に迎えに来てくれたのかもしれない。

「ありがとう」

「みゃあ」
どういたしまして、と言われた気がした。やんちゃそうな顔をしているが、優しい性格の子猫みたいだ。
そんな子猫の行く先に、青い建物があった。見るからに民家ではない。どことなくヨットハウスを思わせるお洒落な造りだ。しかも、カフェなどの飲食店でよく見かける、A型看板と呼ばれるスタンドタイプの黒板が置いてあって、白チョークで文字が書かれていた。歩み寄り、その文字を読んだ。

ちびねこ亭
思い出ごはん、作ります。

それに付け加えるように、小さく注意書きがあった。

当店には猫がおります。

子猫の絵も添えられている。目の前にいる猫にそっくりの絵だ。もう間違いない。間違えようがない。

「あなた、ちびねこ亭の猫さんね」

予約の電話をかけたときにも猫がいると言っていたけれど、まさか迎えに来るとは思わなかった。

子猫が迎えに来るわけがないことは分かっている。散歩か何かの途中で、偶然、理々に会っただけだろう。でも、嬉しかった。この子猫のおかげで転ばずに済んだような気がした。

「ありがとう」

可愛らしい子猫に頭を下げたときだ。店の扉が開き、男性の声が聞こえた。

「こんなところにいたんですか?」

問うような言い方だった。怒っているようでもある。一瞬、自分に言われたのかと思ったが、もちろん違う。

「みゃあ」

茶ぶち柄の子猫が返事をした。顔を上げると、中性的な顔立ちの若い男性が立っていた。二十代前半だろうか。たぶん理々より若い。肌が白く、縁の細い華奢《きゃしゃ》な眼鏡をかけている。女性用の眼鏡のようにも見えるけれど、よく似合っていた。

誰だろうかと思う暇もなく、若い男性が理々に気づいた。

「失礼いたしました」

慌てた様子で頭を下げ、かしこまった声で自己紹介を始めた。

「はじめまして。ちびねこ亭の福地櫂です。佐藤理々さまでいらっしゃいますね」

予約の電話をしたときに聞いた声と同じだと気づいた。そのときも、こっちが恐縮するほど丁寧な言葉遣いをしていた。

「は……はい。佐藤です」

そう名乗ると、ふたたび若い男性――福地櫂はおじぎした。一流ホテルのウェイターみたいな物腰だった。

「佐藤さま、お待ちしておりました。本日はご予約いただき、ありがとうございます。どうぞ、お入りください」

そして、ちびねこ亭の扉を開けてくれた。カランコロンとドアベルが鳴り、茶ぶち柄の子猫と理々は、店の中に入った。

四人掛けの丸テーブルが二つ置かれているだけの小さな店だった。理々の他に客はおらず、店員もいないみたいだ。

悪い印象はない。テーブルも椅子も手作りらしき木製で、丸太小屋のようなぬくもりのある優しい雰囲気に包まれている。

店の片隅には、古めかしい大きなのっぽの時計が置かれていて、チクタク、チクタクと時を刻んでいた。『大きな古時計』という歌を思い出した。あの歌の通り、百年は動いていそうに見える。少なくとも新品ではない。それから、壁には大きな窓があって内房の海が一望できた。青い海の上空をウミネコが飛んでいる。ミャオミャオと鳴いている。

「当店のちびです」

櫂がついでのように茶ぶち柄の子猫を紹介してくれた。見たままの名前だ。店名にちなんでいるのだろうか。

「みゃあ……」

ちびが返事をしたが、眠いらしく欠伸《あくび》混じりだった。軽く伸びをすると、とことこ歩き出し、古時計のほうに行った。壁際に安楽椅子が置いてあって、そこが彼の居場所みたいだった。

「みゃ」

もう一度、鳴いた。ただ、もう、こっちは見ていない。安楽椅子に飛び乗り、さっさと丸くなってしまった。よほど眠かったのか、早くも寝息を立てている。理々を迎えに行って疲れたのかもしれない。理々も少し疲れていた。

「こちらの席にどうぞ」

櫂が、窓際の席に案内してくれた。椅子には柔らかそうなクッションが置いてあった。他の椅子にはないので、理々のために、わざわざ用意してくれたのだろう。隣の席には、さりげなく膝掛けまで置いてある。

「ご自由にお使いください」

気遣いが嬉しかった。

「ありがとうございます」

お礼を言って、腰を下ろした。クッションは柔らかく、少し、ほっとした。波の音や海鳥の鳴き声、子猫の寝息が聞こえてくる。ちびねこ亭は、穏やかで居心地のいい場所だった。

でも、くつろいでいる場合ではない。そんな権利は、自分にはない。娘に会いに来たのだから。理々のせいで死んでしまった彩葉に謝りに来たのだから。背筋を伸ばして櫂に話しかけようとした。けれど、その必要はなかった。

「ご予約いただいた思い出ごはんを用意いたしますので、少々お待ちください」

櫂がキッチンに行ってしまうと、さらに静かになった。理々は、彩葉のことを考える。思い出す。

妊娠していたとき、娘との幸せな生活が始まるものだと疑っていなかった。仲のいい母娘になると信じていた。

同じ部屋で一緒に眠り、彩葉と夫のために食事を作り、手をつないで保育園に送っていく。保育園には、友達がたくさんいる。だけど、娘は母親と別れるのを嫌がって泣いてしまう。そんな姿まで思い浮かべていた。困った顔をしながらも、幸せいっぱいの自分がいた。

その現実はやって来なかった。泣いたのは、娘ではなく理々だった。自分が苦しむのは仕方がない。娘を死なせてしまったのだから。彩葉は、外の世界に触れることなく死んでしまった。お腹の中で死んでしまった。理々の何倍も何十倍も苦しかっただろう。痛かっただろう。死にたくなかっただろう。

「……ごめんなさい」

呟いた言葉は、誰にも届かずに消えた。古時計の針の音が、チクタク、チクタクと鳴っている。

波の音が聞こえる。

ウミネコが鳴いている。

窓の外の景色は、やっぱり穏やかだった。空から舞い降りたウミネコが、真っ白な砂浜に足跡をつけながら歩いていた。よく見ると、理々の足跡も残っていた。いずれ消えてしまうだろうけれど、ちゃんと残っていた。

時計の針が、また少し進んだ。三十分もしないうちに、櫂がキッチンから戻ってきた。小さな土鍋を持っていた。テーブルまで運び、その料理を紹介した。

「お待たせいたしました。ご注文いただきました卵粥《たまごがゆ》です」

それが、理々と彩葉の思い出ごはんだった。


粥は、消化がよく胃腸に負担をかけることなくエネルギーを摂取できる。胃腸を温めることで、免疫力を上げるとも言われている。卵を加えることで、良質のタンパク質が得られる。妊娠中の食欲のないときに、ぴったりの食事だ。また、低カロリーなので肥満の予防・対策にもなる。

「卵はしっかりと加熱しました」

そう言いながら、土鍋の蓋を開けてくれた。真っ白な粥に、溶き卵がかかっていた。十分に加熱しているらしく、ちゃんと固まっている。半熟のほうが美味しいのかもしれないが、妊娠中は生卵は避けたほうがいいと言われている。免疫力が低下しているからだ。彩葉がお腹にいるときも、しつこいくらいに加熱した。

「永光卵を使いました」

耀が続けた。君津市の名産だ。味がよく、卵に甘みがある。理々も夫も、大好きだった。この永光卵を使った料理を出す風鈴堂には、何度も足を運んでいる。

土鍋はまだ十分に熱く、粥からは湯気があがっている。小さな茶碗サイズの取り皿が添えてあった。一般的な金属のスプーンではなく、白いレンゲが置いてある。理々が粥を食べるときと同じだ。

「ごゆっくりお召し上がりください」

丁寧に頭を下げてから、耀はキッチンに行ってしまった。一人きり――いや、家族だけにしてくれたのだろう。

「いただきます」

祈るように手を合わせて、娘との思い出ごはんに手を伸ばした。火傷《やけど》しないように、ふうふうと冷ましてから粥を口に運んだ。

はふはふと息を吐いた。十分に冷めていなかった。火傷するほどではないけれど、熱かった。でも美味しかった。塩がちょっぴりかかっていて、米の甘さを引き立てている。しっかり固まった溶き卵も美味しい。食感が変わるからだろう。いいアクセントになっている。

食べているうちに体温が上がってきて、汗をかき始めた。放っておいたら風邪を引いてしまう。上着と一緒にハンドタオルを持ってきてよかった。

食事を中断してレンゲを置き、自分のカバンを開け、そして、ぎょっとした。心の底から驚いた。

「……え？」

黒猫のぬいぐるみが、カバンに入っていたのだった。入れた記憶はなかった。勝手に入るものではないはずだ。だけど、現実にカバンに入っている。子ども部屋に置いてあったはずのぬいぐるみがカバンの中にあった。部屋を片付けたときに、捨てることができなかった黒猫だ。

わけが分からなかった。しばらく考えても、どういう経緯《けいい》でカバンに入ったのか分からない。

〝どういうこと？〟

呟いてみると、声がおかしくなっていた。自分の声がくぐもって聞こえる。少し慌てた。だけど喉は痛くない。風邪を引いている様子はなかった。体調も悪くない。毎朝検温し、病気にならないように注意している。

一時的に声がおかしくなっただけかもしれない。とりあえず水を飲もうと、テーブルのコップに手を伸ばしたときだった。それが始まった。声がおかしくなったのは、その兆候だったのかもしれない。

まず最初に、ドアベルが鳴った。

カラン、コロン。

やっぱり、くぐもって聞こえた。視線を向けると、入り口の扉が開いていた。でも、誰かが来た形跡はない。人の気配はなかった。勝手に開いたのだろうか？　勝手に開くような軽いドアではなかったけれど。

おかしいのは、それだけではない。扉の向こう側が、真っ白になっていた。煙か水蒸気のようにも見える白さだった。少しずつ店の中に入ってきている。

〝霧……？〟

他に考えようがないけれど、いきなりすぎるし、霧にしても濃すぎる。春の日射しに満ちていた風景が、真っ白に塗り潰されていた。窓の外を見ても同じだった。乳白色の霧に包まれていて、建物全体が白い壁に塞がれたような感じだ。

それから、波の音が消えている。ウミネコの声も聞こえない。古時計を見ると、針が止まっていた。

ふいに、あの言葉を思い出した。


ちびねこ亭で思い出ごはんを食べると、大切な人と会うことができるんです。


だから、この食堂にやって来た。死んでしまった娘に会うために訪れた。そして卵粥を食べた。これが、その前触れであって欲しかった。彩葉に会いたかった。理々は、祈りを捧げるように扉の向こう側を見つめた。いや、実際に祈っていた。両手を合わせて、真っ白な空間に願った。

何秒か、何分か、何時間かが経った。どのくらいの時間が経ったのか分からないけれど、小さな足音が聞こえてきた。遠くから聞こえてくる。誰かがこっちにやって来ている。ちびねこ亭を訪れようとしているようだ。

しかし、おかしい。現れるとしたら彩葉以外は考えられないが、娘は生まれる前に死んでいる。ハイハイさえできないうちに死んでしまったのだから、歩けるはずがない。足音が聞こえるわけがなかった。娘ではない誰かが、やって来ようとしているのだろうか？答えを出す前に、白い人影が店に入ってきた。子どものように小柄だけど、顔は見えない。ハレーションを起こしたように白くぼやけて見える。

〝みゃあ〟

眠っていたはずのちびが、挨拶するみたいに鳴いた。その声はやっぱりくぐもっていたけれど、客を歓迎する店員のようでもあった。この子猫も不思議だ。世界が変わってしまったのに平然としている。

〝こんにちは〟

白い人影が、ちびに挨拶を返した。小学生くらいの女の子の声だった。聞いたことのない声だったが、誰のものなのか分かった。ちゃんと分かった。分からないはずがない。また涙が滲んできた。だけど泣かなかった。自分の身に起こったことを噛み締めるように、理々は話しかけた。

〝来てくれたのね……〟

〝うん、来たよ〟

白い影は頷き、テーブルのそばまでやって来た。それを待っていたように、卵粥の湯気が立ちのぼり、女の子の顔を撫でた。すると魔法みたいに姿が見えた。ハレーションが消えた。

そこにいたのは、やっぱり赤ん坊ではなかった。赤いランドセルを背負っていた。小学校一年生くらいだろうか。髪は長く、さらさらとして清潔感があった。目鼻立ちは整っていて、どこか子猫を思わせるような可愛らしい顔をしている。理々に似ている。夫にも似ている。当たり前だ。似ているのは当たり前だ。二人の子どもなのだから――。

〝ママ、会いに来てくれてありがとう〟

女の子は言った。小学生になった彩葉が現れたのだった。


我が子がどんなふうに成長するのか。親ならば、誰もが想像することだ。理々も例外ではなかった。死んでしまおうと、それは変わらない。泣き声を聞くことさえできなかった娘の年齢を数えて、どんなふうに大きくなるのか思い描いていた。

小学生になった彩葉は、理々が想像していたとおりの少女に成長していた。赤いランドセルがよく似合う。大人びて見えるのは、顔立ちのせいだろうか。

まぶたに滲んでいた涙が、頬を流れていった。彩葉に会えて嬉しかった。こんな日が来るとは思っていなかった。成長した娘に会えるとは思っていなかった。

〝座っていい？〟

彩葉に聞かれた。理々の正面の席を見ている。いつの間にか、取り皿がテーブルに置かれている。食事の用意ができていた。

〝当たり前じゃない。あなたの席よ〟

涙をぬぐってそう答えると、彩葉が嬉しそうに笑った。笑顔を見せてくれた。それからランドセルを下ろし、椅子に座った。そして卵粥に目をやり、歓声を上げた。

〝美味しそう〟

お腹が空いているのだろうか。ちゃんと食べているのだろうか。心配になった。親は、子どもがお腹を空かしていないか心配するものだ。我が子がいくつになっても、たとえ死んでしまっていても、そのことに変わりはない。

あの世というところが、どんな場所なのかは分からない。だけど、幸せでいて欲しかった。お腹を空かせていないで欲しかった。母親なんてバカなものだ。そんなことばかり考えている。子どものことばかり考えている。

ぬぐってもぬぐっても落ちてくる涙をどうにか抑えて、理々は小学生になった彩葉に言った。

〝あなたのために注文したのよ。たくさん食べて〟

〝うん！〟

返事をしたくせに、彩葉は取り皿を手に取ろうとしない。ただ、じっと料理を見つめている。

〝食べないの？〟

卵粥が嫌いなのだろうかと思いながら聞くと、意外な言葉が返ってきた。

〝食べてるよ。湯気が、ごはんなんだ〟

その話は聞いたことがあった。住職が言っていた。だから仏壇やお墓に線香を上げる。煙や香りが、死んだ人間の食事なのだという。理々も正弥も、線香を絶やさないようにしている。彩葉がお腹を空かさないように、線香を供え続けていた。

――夫を連れてくればよかった。

今になって後悔した。彩葉は、二人の子どもだ。どうしても聞いておきたいことがあって、一人で来たのだが、正弥だって会いたかったはずだ。成長した娘と話したかったはずだ。

夫の職場はそう遠くない。タクシーを飛ばせば、三十分くらいで着く。電話をかけて正弥を呼ぼう、と思いかけたとき、彩葉が言った。

〝間に合わないよ〟

理々の考えていたことが分かったようだ。娘は申し訳なさそうに続けた。

〝思い出ごはんの湯気が消えたら、あっちに帰らなくちゃいけないの〟

初耳だった。その話は聞いていなかった。

〝そんなに早く帰っちゃうの？〟

〝うん。ちびねこ亭には、ごはんを食べに来ただけだから〟

湯気が消えたら、食事は終わりだ。食堂にはいられなくなってしまう。ここは、ごはんを食べる場所だから。

〝そんな……〟

言葉が出なかった。卵粥はすでに冷めかけている。何分もしないうちに湯気は消えてしまうだろう。せっかく会えたのに、また別れなければならないなんて。たった数分しか一緒にいられないなんて。

〝しょうがないんだよ、ママ。だって、私、死んじゃったんだから。本当だったら、会うことなんてできなかったんだから〟

分かっている。それくらいは、分かっている。こうして会えたこと自体が奇跡なのだ、と。

この世は、奇跡の積み重ねでできている。死んでしまった我が子と会えたことだけではない。彩葉を身ごもったのも、正弥に出会ったのも、理々が生まれてきたのだって奇跡だ。

土鍋に入っていても、永遠に温かいわけではない。卵粥の湯気は、消えかけている。思い出ごはんが冷めるにつれ、彩葉の姿が薄くなっていく。少しずつ消えていく。あの世に帰ろうとしている。理々の前から去っていこうとしている。

この瞬間を大切にしなければならない。夫を連れてくればよかったと後悔している時間はない。理々を〝ママ〟と呼び、〝ありがとう〟と言ってくれた我が子に、伝えなければならないことがあった。

〝転んで、ごめんなさい。産んであげられなくて、ごめんなさい。苦しい思いをさせて、ごめんなさい〟

テーブルにぶつけるくらい頭を下げた。心を込めて謝った。だが、娘は返事をしなかった。無言だった。やっぱり怒っているのだ。当たり前だ。許してもらえないのは当然だ。死なせてしまったのだから。

静寂があった。時間だけが流れていく。娘の姿が、また透明に近づいた。もうすぐ消えてしまう。このまま話すことができずに、奇跡の時間が終わってしまうのだろうか。悪いのは理々だ。話してもらえなくても仕方がないと諦めかけたとき、娘が口を開いた。

〝言いたいこと、それだけじゃないよね〟

——知られていた。

理々が話すまでもなく、知っているようだ。しかし、このことは自分の口で伝えなければならない。このことだけは、ちゃんと言わなければならない。そのために一人で来たのだ。

〝お腹に赤ちゃんがいるの〟

隠さずに言った。死んでしまった娘に、妊娠していることを話した。すみれに会ったあの病院に行ったのは、健診を受けるためだった。まだ、お腹は目立っていないが、新しい命が宿っている。性別も分かっていた。

〝あなたの弟よ〟

返事はなかった。しかも、彩葉の姿はほとんど消えかかっていた。ほのかに光る輪郭《りんかく》があるだけだ。だから、どんな顔をして話を聞いているのか分からない。弟ができたことを、彩葉がどう受け取ったのか分からない。

生まれることのできなかった我が子に、新しい命の話をするのは間違っているのかもしれない。弟ができることを不愉快に思ったかもしれない。母親に裏切られたと思ったかもしれない。

彩葉の反応が怖かった。沈黙も怖かった。だけど、どうしても聞いておかなければならないことがあった。

〝あなたの名前から一文字、もらってもいい？〟

思い切って質問をした。夫と相談して、そうしようと決めていた。彩葉の代わりという意味ではない。ただ、姉がいたことを伝えたかった。生まれてくる子どもに、彩葉のことを話したかった。娘を忘れたくなかった。

親の自己満足かもしれないとも思うし、彩葉に対して無神経な真似をしているという意識もあった。自分は死んでしまったのに、新しく生まれてくる赤ん坊の話を聞かされているのだから。

しかし違った。彩葉は、新しく宿った命に嫉妬するような娘ではなかった。

〝本当？　本当に、私の名前から付けるの？〟

と、聞き返してきた。何もかもを知っているわけではないらしく、驚いている声だった。考えてみれば、死者は神様じゃないのだから、すべてを知っているはずがない。知らないことも、たくさんあるのだろう。

〝駄目かな？〟

〝駄目じゃない。駄目じゃないよ〟

彩葉が慌てた調子で返事をした。それから、なぜか遠慮した声で質問してきた。

〝名前、聞いてもいい？〟

〝当たり前じゃない。あなたの弟よ〟

そう言いながら、また泣いていた。涙を拭く余裕はなかった。頰を伝うに任せて、返事をした。夫と相談して決めた名前を娘に教えた。

〝彩樹《あやき》。佐藤彩樹〟

ふたたび、沈黙があった。もう気配を感じることさえできない。光の輪郭も消えてしまった。

今度こそ、あの世に帰ってしまったのだろうか——そう心配していると、理々のすぐ近くから声が聞こえてきた。

〝こんにちは、彩樹〟

娘が理々のお腹に話しかけていた。その声は小さくて消えかけていたけど、ちゃんと聞こえた。弟にも届いているだろう。絶対に届く。聞こえているに決まっている。彩葉の言葉は続いた。

〝私は彩樹と会えないけど、お姉ちゃんになれて嬉しいから。すごく嬉しいから〟

この世にいられる残り少ない時間を使って、死んでしまった姉が弟に話しかけている。

理々は二人の邪魔をしないように、嗚咽をこらえた。これ以上、泣かないように頑張った。涙を抑えようと目を閉じていても、まぶたの隙間に滲んでくる。手の甲でぬぐってもぬぐっても、新しい涙があふれてくる。何もかもが、ぼやけて見える。

〝生まれてきたら、パパとママに甘えるんだよ。いっぱい、いっぱい甘えていいんだからね。いっぱい、いっぱい遊んでもらってね〟

さらに声が小さくなった。もう聞き取ることが難しい。行ってしまう。あの世に帰ってしまう。それでも、かすかに彩葉の声が聞こえた。

〝……ママ、大好き。パパも彩樹も、大好き〟

それが、最後の言葉になった。思い出ごはんは冷めてしまい、娘の気配が完全に消えた。

〝ママも大好きよ……。彩葉のこと、大好きだから……〟

そう言うのが、やっとだった。理々は、声を上げて泣いた。いっぱい、いっぱい泣いた。泣くことさえできずに死んでしまった娘を思って、いつまでも、いつまでも泣いていた。

ちびねこ亭特製レシピ

卵粥

材料（１人前）

- ごはん　茶碗1/2膳分
- 卵　１個
- 水　ごはんの倍の量を目安に
- 白だし　適量
- 醤油　適量
- 薬味（葱や茗荷の小口切り、ゴマなど）　適量

作り方

1　鍋に水、白だし、醤油を入れて加熱し、沸騰させる。
2　いったん火を止め、ごはんを入れて、ふたたび加熱する。
3　沸騰したら焦げないように火力を調整しながら、５分程度加熱する。
4　溶き卵を入れて、全体を混ぜながら加熱し、卵に火が通ったら止める。
5　薬味と取り皿を添えて完成。

ポイント

妊娠中などで免疫機能が低下している心配のない場合は、半熟卵でお楽しみください。白身を先に入れて加熱し、火を止めてから黄身を入れても美味しく食べることができます。卵かけごはんのように、最後に黄身をのせるのもおすすめです。

からす猫とホットチョコレート

君津市立大和田《おおわだ》小学校

昭和四十三年に、君津町立大和田小学校として創立された公立小学校。創意工夫育成優秀校として科学技術庁長官賞を受賞するなど評価が高かったが、本市の人口減少に伴う児童数及び学級数の減少の影響もあり、令和四年に君津市立坂田《さかだ》小学校と統合され、君津市立周西《すさい》の丘《おか》小学校となった。

「天才はいいわね」

今より小さかったころ、近所のおばさんや親戚がそんなふうに褒めてくれた。嫌味だと思ったことはない。当たり前のように聞いていた。当然の言葉として受け取っていた。褒められることに慣れていたのだと思う。幼稚園でも小学校でも特別扱いされていた。

「天才ピアノ少女」

間下一花《ましたいちか》は、そう呼ばれていた。呼び始めたのは、新聞やテレビの人たちだ。幼稚園からレッスンを受けていて、同い年の他の誰よりもピアノを上手に弾けたからだろう。実績もあった。小学校四年生のときに、全国でも有名なコンクールで好成績を収めて、新聞に載ったしテレビにも出た。人気ユーチューバーから、動画への出演依頼がたくさん来た。

才能がある。

そうじゃない。あった、、、だ。

残念ながら過去形だった。小学校四年生のときの成績がピークだった。その後は、ぱっとしない。優勝を目指してコンクールに臨んでも、優勝候補だと言われても、二十位以内に入るのが、やっとだった。

本番に弱いわけでも、調子が悪かったわけでもない。油断もしていなかった。今までで一番上手に弾けたと思っても、コンクールで上位に入ることはなかった。いつの間にか、誰もが自分よりも上手になっていた。

中学校二年生になると、コンクールに出ることさえなくなった。ピアノのレッスンも休みがちだ。サボっても両親は文句を言わない。

「ピアノだけが人生じゃないから」

母は言う。父も頷き、コンクールに出なくていいと言った。そんな二人に、一花は心の中で反論する。

——もう遅いよ。

口に出さなかったのは、言っても仕方がないと知っていたからだ。子どもが本当のことを言うと、大人は困るものだ。父も母も、一花に優しい。そんな両親を困らせたくなかった。

だけど。

一花の人生は終わっている。お先、真っ暗だ。クラスメートは、みんなそのことを知っている。両親だって本当は知っている。気を使って言わないだけだ。

ピアノだけが人生じゃないと言うけど、それ以外はもっと終わっている。幼稚園のころからピアノばかりやっていたせいで、勉強はできないし運動も苦手だった。学校の成績も悪い。

人付き合いはさらに苦手で、クラスで浮いていた。学校に行っても、友達どころか話す相手もいない。休み時間は寝たふりをするか、図書館に逃げた。忙しいふりをして教室から出ていった。

その図書館でも、難しそうな音楽の本を読んでいるふりをする。そんな本なんて読んだこともないくせに。一花を見ている人なんていないのに。

ネットを検索すると、ピアノを弾く自分の姿が出てくる。テレビに出たときの動画が出回っている。YouTubeにもアップされている。怖くてちゃんと見たことはないけど、きっと悪口がたくさん書き込まれているだろう。

みんなに笑われている気がした。学校の先生もクラスメートたちも、天才ピアノ少女じゃなくなった自分をバカにしている気がした。教室で寝たふりをしていても、図書館にいても息が詰まりそうだった。

つまり、限界だった。

夏休みが終わったころから、学校に行かなくなり始めて、冬休みに入る前には完全に不登校になった。学校に行こうと思っただけで、お腹が痛くなるのだ。本当に痛かった。ベッドから起き上がれないくらい痛い。最初は病気かと思った。だけど病院で検査しても、身体に異常はなかった。

そんなふうにして、三学期になっても学校に行けない状態が続いた。一日も行けないまま春休みになった。


春休みの間、祖母の家に行くことになった。その家は、千葉県君津市の神門《ごうど》という場所にある。母が生まれた家でもあった。提案したのも母だ。

「一花に会いたがってたから、行ってあげなさい」

そんなふうに言ったが、もちろん一花に気を使っての言葉だ。一花は祖母と仲よしだ。LINEも交換している。海のそばにある二階建ての家も気に入っていた。築四十年の古い家だ。

祖母の家に行けば、ピアノを忘れられると思ったのかもしれない。学校に行けるようになるとも思ったのかもしれない。

ピアノを忘れても、学校に行けるようになっても、一花の人生が終わっていることに変わりはないのに。

そう思いはしたけれど、一花は逆らわなかった。このまま、ここ——東京にいても仕方がない。クラスメートに会うのが嫌で、出かけることができずにいた。買い物にさえ行けない毎日が続いていた。

自分の部屋に引きこもっているよりも、田舎に行ったほうがいい。君津市に知り合いは、祖母しかいなかった。誰も、一花が天才少女だったことを知らない。ピアノを弾くことを知らない。学校に行けない子どもだと知らない。それだけでも行く価値があると思った。

それに、祖母のことも気になっていた。少し前に、SNSで仲よくしていたおばあちゃんが死んでしまったらしく、がっかりしていた。

「引っ張られないといいけど」

母は心配していた。高齢者にかぎったことではないが、親しい人間が死ぬと気落ちして寿命を縮めることがあるという。迷信みたいだけど、そんなこともあるような気がした。

SNSでは、相手の素性を知らないことが多い。最初、祖母もそのおばあちゃんが死んだことさえ知らなかった。しばらく投稿がなくなって、祖母は心配していた。

そんなある日、そのおばあちゃんの孫がSNSに投稿した。それを見て、友人の死を知ったのだった。

祖母からＬＩＮＥでその投稿を教えてもらい、一花も見た。そのおばあちゃんの孫は、交流のあった人たちに向けて、おばあちゃんが死んでしまったことを報告し、それから、こう呟いていた。


おばあちゃんと仲よくしてくれて、ありがとうございます。

さようなら、と伝えてくれと言われました。

あと、玉は元気です。


祖母が言うには、そのおばあちゃんの孫は小学生の男子らしい。確かに、子どもっぽい文章だ。また、玉というのは、そのおばあちゃんの飼い猫の名前だそうだ。太った三毛猫の写真が一緒に投稿されていた。

それを見て、一花は吹き出してしまった。元気ですと書き込みながら、三毛猫は寝ている。やる気がない顔をしていた。こういう顔なんだろうし、確かに病気には見えないが、元気とは少し違う。男子小学生らしい雑さだ。

「もう少し元気そうな写真にすればいいのに」

日本語だっておかしい。死んだおばあちゃんに頼まれたような文章だ。入院していたならともかく、庭先で倒れてそのまま亡くなったというのだから、伝えてくれと言えるわけがなかった。

「男子なんて、こんなものだよね」

適当に書き込んだに決まっている。クラスメートの男子を思い浮かべて、一花はそう思った。

それでも、死んでしまったおばあちゃんや、残された猫のことを思うと悲しくなる。おばあちゃんのSNSは、交流のあった人たちの悲しみであふれていた。誰もが悲しんでいる。一花も泣いてしまった。

会ったこともない男子小学生の投稿を見て泣くなんて、バカみたいだ。本当にバカみたいだ。SNSは、やっぱり苦手だ。

父も母も仕事が忙しく、君津市には一花だけで行くことになった。祖母の家に行くことを勧めたくせに、両親は心配した。

「一人で大丈夫？」

「来週まで待ってくれれば、送っていけるぞ」

しつこいほど言われた。親がいなくても大丈夫だし、来週まで待っていたら春休みが終わってしまう。新学期からも学校に行ける自信はなかったけれど、それでも少しは意識する。

「大丈夫。電車ですぐだから」

面倒くさかったから、そんなふうに答えておいた。嘘じゃない。一花たちの暮らすマンションは東京の外れにあって、千葉県君津市はそんなに遠くなかった。電車で一時間半くらいだ。ディズニーランドに行くよりは時間がかかるけど、君津行きの総武《そうぶ》線快速を使えば乗り換える必要はなく、グリーン車もある。座っているうちに着いてしまう。君津駅からはバスに乗ればいい。ピアノのコンクールに出るために、もっと遠くに行ったこともある。

「じゃあ、気をつけてね」

「何かあったら電話するんだぞ」

母と父は折れた。何だかんだと言いはするが、結局、一花の思った通りにさせてくれる。ピアノにしても、一花自身の意思で始めたものだった。

「行ってきます」

両親に声をかけ、春休みの始まったその日の朝早く、一花は君津市に向かった。行くのは、考えていた以上に簡単だった。何の問題もなく神門に着いた。おばあちゃんの家のそばには漁業資料館があって、そこでバスを降りる。この資料館には、海苔《のり》作りを中心とした資料が展示されているらしいが、一度も入ったことがなかった。このときも素通りした。川のほうに歩いていった。東京湾に続く川で、小糸川という名前だ。

天気のいい日だった。空には雲一つなく、穏やかで暖かい日射しが降りそそいでいる。春休みなのに、ひっそりとしていた。道端から見える家も静まり返っている。

母が子どものころは、男の子たちが道路で野球やサッカーをやっていたと言っていたけれど、今となっては嘘みたいだ。子どもなんて、どこにもいない。この世から消えてしまったみたいに、どこにもいなかった。

そう言えば、母が通っていた小学校は、近くの他の小学校と統合して、名前が変わったという。これも少子化の影響なのかもしれない。どんどん子どもが減っている。

静かな通りを歩いていくと、ひとひらと桜の花びらが飛んできた。急に風の向きが変わったのか、地面に落ちることなく、一花の目の前で舞っている。

どこから飛んできたのだろう？

疑問に思ったけれど分からない。このあたりは空き家も多く、ジャングルみたいになっている庭もある。昔ながらの塀の高い家もあって、桜の生えている場所を見つけることはできなかった。

「まあ、いいか」

気にするほどのことではない。一花は足を進めた。漁業資料館から祖母の家まで、ゆっくり歩いても五分とかからない。すでに祖母の家は見えている。もともと白かったという壁は、くすんでしまっている。昔の二階建てなので、東京の家の近所に並んでいる建売住宅より大きく見える。実際に大きいのかもしれない。部屋数も多かった。祖母は、その大きな家に一人で住んでいる。

一花の両親が、年寄りの一人暮らしを心配していた。心配するだけでなく、「東京で一緒に暮らしましょう」と何度も誘っていたが、祖母は首を縦に振らなかった。大地震が来ても、台風が直撃しても断り続けていた。

「おじいちゃんの建ててくれた家から離れたくないの」

記憶の中の祖母は言った。小糸川に向かう道を歩きながら、学校に行けなくなった一花は呟く。

「私がこっちに引っ越して来ようかな……」

少し前から考えていたことだ。一花の祖母――間下仁美《ひとみ》は、小学校の教師をしていた。もう七十歳をすぎているので定年退職しているけれど、頭はしっかりしている。勉強を教えてもらえる。転校することによって、ピアノと関係のない人生を送れるような気がする。少なくとも、一花が天才ピアノ少女だったことは知られていない。

「ちょっと遠いけど」

中学校までの道順を思い浮かべながら、独り言を続けた。ここからだと、丘の上にある中学校に通うことになるはずだ。祖母はそのそばにあった小学校に勤めていた。

「若いころは美人だったのよ」

母は昔話みたいに言うけど、今でも祖母は綺麗だ。着物を着ていることが多くて、いつも背筋が伸びている。ごろごろしているところを見たことがない。テレビよりも本が好きらしく、よく椅子に座って小説を読んでいた。知的で、眼鏡が似合う感じだ。

一花がピアノを始めたのは、この祖母の影響もあった。神門の家には、大きなピアノが置いてある。古びているけど、ちゃんと調律されている。鍵盤を叩くと、びっくりするくらい綺麗な音が鳴った。でも、祖母のピアノではなかった。

「おじいちゃんのピアノなの」

祖母の口癖だった。祖父の栄一郎《えいいちろう》は、一花が生まれるずっと前に死んでいる。また、ピアニストだったわけではない。ピアノに関係のない職業――近所の鉄工所に勤めていて、三十九歳で死んでいる。三十年以上も昔の話なのに、祖母は調律を欠かしたことがなかった。

ピアノはどうでもいい。おじいちゃんのピアノはともかく、祖母に話してみよう。一緒に暮らしていいか聞いてみよう。

「いいって言うよね」

自分に言い聞かせるように呟いた。祖母は、一花に優しい。いつだって味方してくれる。だから駄目だと言うわけがない。

そう思ったくせに、一花の声は小さかった。すごく小さかった。理由は分からないけど、自信がなかった。祖母に反対される気がしたのだ。


嫌な予感なんてなかった。

悪いことが起こるなんて思わなかった。

祖母の家に着くと、玄関の引き戸が薄く開いていた。それを見たときも、あまり気にしなかった。空気の入れ換えをしている、と思っただけだ。

祖母は綺麗好きで、よく掃除をしている。いつだって、窓や玄関を開けて掃除する。一花が来るから掃除しているのだと思った。祖母は家にいて、自分を歓迎してくれているんだと疑いもしなかった。その予想は半分だけ当たった。

「おばあちゃん、来たよ！　一花だよ！」

子どもみたいに、はしゃいだ声で言った。祖母に会えるのが嬉しかった。東京から離れることができたのが嬉しかった。誰も自分のことを、天才ピアノ少女だと知らない。そんな町に来たことが嬉しかった。

古い家だけど、玄関にチャイムは付いている。でも、押したことはなかった。呼びかければ、すぐに祖母は顔を見せてくれる。一花が来るのを待っていてくれる。

しかし、今日は様子が違った。祖母は出てこない。返事さえなく、家の中は静かなままだ。人のいる気配がない。仏間の柱に掛けてある振り子時計が、ボーン、ボーン、ボーン、ボーン……と鳴っている。

「おばあちゃん、いないの？」

問いかけながら玄関の戸を引いた。家の中は暗かったが、開けた玄関から春の光が射し込んだ。そのおかげで見えた。祖母の姿が見えた。大好きな祖母が、廊下に倒れていた。

「おばあちゃんっ」

一花は大声を上げた。それでも祖母は動かなかった。ずっと動かなかった。

スマホで救急車を呼んで、一緒に病院に行った。運ばれた先は、木更津市にある大きな病院だった。すぐに手術が始まった。一花は両親が来るまで、一人で不安な時間をすごした。何しろ、子どもには詳しい説明をしてくれない。それでも、救急隊員の様子から祖母が危ない状態にあることは分かった。病院の人たちも慌てていた。祖母は意識が戻らないまま手術室に運ばれた。

二度と祖母に会えないような気がして、寒くもないのに身体が震えた。怖くて、心細くて、悲しくて、泣いてしまいそうだった。

やがて、父と母が到着した。会社を早退してきたらしく、二人ともスーツを着ていた。焦った顔をしている。話す暇もなく、医者に呼ばれていった。ふたたび、一花は一人になった。

まだ祖母の手術は終わらない。両親は戻ってこない。一花は見知らぬ病院の廊下に座っている。スマホをぎゅっと握り締めていることに、しばらく気づかなかった。いつから握り締めていたのか分からない。

祖母の手術が終わり、両親が戻ってきた。祖母のお見舞いに行ってから、病院のレストランで食事をすることになった。

時計を見ると、午後二時をすぎていた。朝から、ほとんど何も食べていないのに、お腹は空いていなかった。

「デザートもあるんだな」

父は呟き、ケーキセットを注文した。一花と母も同じものを頼んだ。何を食べればいいのか分からなかった。

ケーキを食べてジュースを飲んだけど、味なんて分からない。父も母も無言でコーヒーを飲んだ。特に、母は一言も話さない。ずっと、じっと黙っている。

手術は終わったが、祖母は意識を取り戻していなかった。一花がお見舞いに行っても動かなかった。たくさんのチューブにつながれて目を閉じていた。脳出血を起こしたんだ、と父が独り言を呟くように教えてくれた。このまま目を覚まさない可能性もある、とも言った。

両親はケーキに手を付けず、コーヒーも一口しか飲まなかった。一花は黙っていることができなくなって、震える声で聞いた。

「おばあちゃん、死んじゃうの？」

父は嘘をつけない性格だ。誤魔化すこともしない。何秒間か考えるような顔をしてから、一花の顔を見て返事をした。

「分からない。でも、病院の先生や看護師さんたちが助けようとしてくれている。おばあちゃんも先生も看護師さんも、がんばっている」

死なない、とは言わなかった。そう言って欲しかったのに、言わなかった。一花が黙ると、今度は母が口を開いた。一花に話しかけてきた。

「今日はありがとう。救急車を呼んでくれて、本当にありがとう。おばあちゃんと病院に来てくれて、ありがとう」

声は優しかった。だけど泣いていた。母の目は真っ赤だった。一花は返事ができない。何て言えばいいのか分からなかった。


何日か君津市にいることになった。父と母は、会社を休むみたいだ。祖母の家から病院に通うと言った。一花も、一緒にお見舞いに行くつもりでいたけど、母は首を横に振った。

「自分のことをやっててていいから。学校の宿題だってあるんでしょ？」

「……うん」

曖昧に返事をした。春休みなので宿題なんてなかったし、祖母が心配で仕方なかったけど、自分が病院に行ってもできることは何もない。むしろ邪魔になる。それくらいのことは分かっていた。

「何かあったら連絡するから」

母が約束するように続けた。聞き返さなくても、何かの意味は分かった。分かりたくないのに、こんなことばかり分かる。余計なことを言わずに、一花は返事をした。

「駅前の図書館にいるかもしれない」

君津市には、大きな図書館がある。君津市立中央図書館のことだ。君津駅の近くにあって、自習席も完備している。今まで何度か行ったことがあった。

「そうね。ここにいても落ち着かないでしょうから」

母が頷くと、父が取って付けたように言った。

「しっかり勉強するんだぞ」

「うん」

一花は返事をした。両親に嘘をついた。勉強するつもりなんてなかった。もっと言えば、図書館に行くつもりもなかった。


両親が病院に行ってしまうのを見てから、祖母の家を出た。図書館と反対の方向に歩き始めた。父と母に内緒で行かなければならない場所があった。

突然、昔の記憶がよみがえってくることがある。忘れてしまったはずの出来事を思い出すことがある。祖母が倒れて、母の真っ赤な目を見たとき、ふいに頭の中で再生された言葉があった。そんな記憶があった。


栄一郎さんに謝りたい。

あの世でも謝るけど、生きているうちに謝りたい。


去年のお盆に聞いた言葉だ。一花は祖母の家にやって来て、二人でお墓参りに行った。そこで、祖母が言っていた。祖父に謝りたいと言った。

「おじいちゃんに謝るの？　なんで？」

一花は聞いた。祖父は遠い昔に死んでいる。それ以前に、優しくて、しっかり者の祖母が、謝らなければならないようなことをするとは思えなかった。

「わたしのせいでピアニストになれなかったから」

祖母は答えた。初めて聞く話だった。一花の頭に、神門の家にある古いピアノが浮かんだ。きちんと調律されていて、綺麗な音がするピアノ。

――おじいちゃんのピアノよ。

祖母はそう言っていたけど、詳しい話を聞いたことがなかった。一花は、祖父のことをほとんど知らない。ピアノをやってたのかと質問しても、祖母は頷くだけで何も言わなかった。話したくないような雰囲気だった。母も教えてくれなかった。もしかすると、母も詳しい話を聞いていないのかもしれない。何しろ祖父が生きていたのは、大昔のことだ。

それなのに、この日は話してくれた。霊園では話してくれなかったが、場所を移動してから話し始めた。お墓参りを終えた後、そのまま二人で小糸川灯籠《とうろう》流しを見にいった先でのことだ。死者の魂を弔って、灯籠を海や川に流す。そんな行事が君津市で行われている。

小糸川をゆっくりと下っていく灯籠を眺めながら、祖母は話し始めた。一花が生まれる、ずっと前のことを。遠い昔のことを。

「あなたのおじいちゃんは、とってもピアノが上手だったの。すごく、すごく上手だったの」

○

祖母の仁美が二十二歳、祖父の栄一郎が二十歳のときのことだ。半世紀以上も昔の話になる。

すでに仁美は小学校に勤めていたが、常勤ではなかった。だから収入は安定していない。しかも、一年前に両親を交通事故で失っていた。財産と言えるものは親の建てた家くらいのもので、今日の食事にも困るような生活を送っていた。そして、寂しかった。誰もいない家にいるのが寂しかった。

ある日の夕暮れどき、仁美は、一人でいることに耐えられなくなった。散歩でもして寂しさを紛らわせようと、夕日の沈みかけた海辺に出かけた。

その海辺に、栄一郎はいた。一人で砂浜を歩いていた。散歩をしているようだった。狭い町のことで、お互いの顔は知っていた。仁美は、おずおずと話しかけた。誰かと話したい気分だった。

ただ、話しかけたと言っても、「こんにちは」と挨拶した程度で、たいしたことをしゃべったわけではないが、栄一郎は相手をしてくれた。

「そろそろ、こんばんは、かな」

「そうですね」

仁美は笑い、彼も微笑んだ。それからどちらが誘うともなく、二人は肩を並べて歩き出した。栄一郎は、この時間に砂浜を散歩するのが日課だと言った。

その日から、仁美も砂浜を散歩するようになった。最初は偶然に、やがて約束して一緒に歩くようになった。恋人同士になるまで時間はかからなかった。彼を好きになるまで、あっという間だった。彼も、仁美のことを好きだと言ってくれた。

それでも——両思いになっても、栄一郎と結婚できるとは思っていなかった。身分違いの恋だったからだ。古めかしい言い方だが、他に言いようがない。

栄一郎は、江戸時代から続く網元の一人息子、つまり、地元の名家の跡取りだった。東京湾が埋め立てられた後も、彼の家の権勢は衰えず、今では町議会議員を務めている。裕福で、住んでいる家も立派だ。その日暮らしで、親のいない仁美とは何もかもが違っていた。

彼は大学生で、音楽を専攻していた。ピアニストを目指していると言った。ピアニストという職業があることは知っていたが、それを目指している人間に会うのは初めてだった。

「すごいですね」

「そうだね。なれたら、すごいよね」

栄一郎は、そんなふうに答えた。大金持ちの一人息子だとは思えないほど、控え目な性格をしていた。自信がないというより、大口を叩くことが苦手なのかもしれない。

——きっと、なれますよ。

そう言おうとして、言葉を呑み込んだ。他人の夢に反対するのは余計なお世話だが、簡単に賛成するのも無責任だ。そもそも、仁美は彼の演奏を聴いたことがない。どのくらいの腕前なのかを知らなかった。

考えたことが顔に出たようだ。栄一郎が聞いてきた。

「ピアノ、聴いてくれる？」

「え？」

「君のためにピアノを弾きたいんだ。面倒くさいだろうけど、聴いてくれる？」

「面倒くさいなんて」

頬が熱くなった。好きな人が、自分のためにピアノを弾いてくれる。聴きたいに決まっている。

「うちに来てもらってもいいんだけど」

栄一郎は続けた。これまで何度も、家族に仁美を紹介しようとしていた。そのたびに、仁美は断っていた。交際を反対されると思ったからだ。それに栄一郎の家に行ったら、ピアノを聴くどころではなくなってしまう。緊張してガチガチになるに決まっている。

「緊張するような家じゃないよ」

「緊張するような家ですよ」

仁美は言い返した。江戸時代から続く網元で、町議会議員の家なのだ。貧乏人の自分は気後れしてしまう。

こうして、仁美の家で聴くことになった。安物のピアノがあった。仁美自身にピアノを弾く趣味があるわけではない。小学校の教師を目指す仁美のために、両親が買ってくれたものだった。形見と呼んでもいいものだが、ピアノは扱いが難しい。業者に頼めば、お金もかかる。だから、しばらく調律もしていなかった。栄一郎を連れて来てから後悔した。

——これを弾けって言うの？

そんなふうに言われて嫌な顔をされると覚悟したが、彼は嬉しそうに笑った。

「いいピアノだね」

「まさか。中古の安物です」

仁美が言うと、栄一郎はたしなめるように言葉を返した。

「値段は関係ないよ。ピアノはピアノだから」

そして、問いかけてきた。

「弾いていい？」

古びたピアノに質問しているようにも思えたが、仁美は「はい」と返事をした。すると、まだお茶も出していないのに、栄一郎はピアノの前に座り、いきなり弾き始めた。

彼の指が鍵盤を叩くと、明るいメロディが古びた家いっぱいに広がった。世界が作られた。

仁美の脳裏に、子犬の姿が浮かんだ。可愛い子犬が、自分のしっぽを追いかけて遊んでいる。栄一郎が弾き始めたのは、有名なあの曲だった。

ワルツ第6番変ニ長調 作品64－1。

通称、『子犬のワルツ』。

ショパンの名曲だ。年上の恋人が飼っていた子犬を見て作曲したとされている。ろくに調律をしていないピアノで、栄一郎は素敵なメロディを奏でる。『子犬のワルツ』の他にも、ショパンを何曲も演奏してくれた。テレビやラジオ、レコードで聴いたどの曲よりも心に染みた。

この人はピアニストになれる。そう確信した。でも、なれなかった。仁美のせいだ。仁美のせいで、栄一郎はピアニストになれなかった。


「家を出てきた。ここに置いてもらえる？」

栄一郎がそう言ったのは、『子犬のワルツ』を弾いた二日後のことだった。小さなボストンバッグを片手に、遊びに来たような気楽な顔をしていた。口調も軽かったが、仁美は戸惑った。

「家を出てきたって……。どうしたんですか？」

「実家と縁を切ったんだ。正確には切られたんだけど。勘当されちゃってね」

　そう答える栄一郎の口調は、やっぱり軽かった。苦笑いを浮かべていたが、仁美は笑うどころではない。

「か、勘当？　……もしかして、わたしのせいですか？」

　自分と交際していることがバレたのだと思った。仁美には親がいないし、家も貧しい。しかも、栄一郎より年上だ。地元の名士に認められる要素が一つもない。別れろと言われて、喧嘩になったのだと推測した。

　その予想は大外れではなかったけど、ほとんど正解だったけど、彼は首を横に振って否定した。

「君のせいじゃない。ぼくがお見合いを断ったからだよ」

「お見合い？」

　仁美は問い返すことしかできない。初耳だった。お見合いの話だけではなく、何も聞いていなかった。

「県議会議員の娘だかと結婚しろ、と言われていたんだ。ずっと断っていたのに、父はぼくに内緒で話を進めていた」

　ため息混じりに続ける。

「父は、ぼくを政治家にするつもりなんだ」

それは、予想できたことだ。一人息子の栄一郎を跡取りに――自分の地盤を継がせようと思わないほうが不思議だ。

まだ二十歳の大学生に結婚話は早すぎるとも思えるが、栄一郎は父親が四十代になってからの子どもだった。すでに還暦を迎えている。早く孫の顔を見たいという気持ちがあったのかもしれない。

そして、その見合い相手は、栄一郎より五歳年上だった。第一子、できれば第二子までを、二十代のうちに産みたいという考えの根強い時代のことだ。また父親は、栄一郎をその県議会議員の下で修業させたいと考えているようだ。修業を始めるのは、早ければ早いほどいい。

ただ、すると疑問があった。

「大学でピアノをやることは、許してもらえたんですよね」

栄一郎がピアニストを目指していることを知っていて、大学に通わせているのではなかったのか？　私立大学の学費は、決して安くない。ましてやピアノを専攻するとなれば、かなりのお金が必要になるだろう。親の援助なしで通うのは難しい。

「最初から音楽家にするつもりはなかったんだ。ぼくがピアニストになれるとも思っていなかった」

彼はそう答え、父親に言われた台詞まで教えてくれた。

――ピアノが弾けるのは上品な印象を与える。選挙のとき弾いて見せれば、話題にもなるはずだ。

大学で音楽をやることに反対しなかった理由だ。ピアノを票集めの道具としか考えていなかった。そして栄一郎に向かって、「地盤を継がせてもらって県議会議員になれ。そこから国会議員を目指せばいい」とも言ったという。

会ったこともない女性と結婚させられる。名家では珍しいことではないのかもしれないが、栄一郎にとって頷ける話ではなかった。

好きな人がいる。

だから、結婚はできない。

政治家になるつもりもない。

父親に言った。自分の気持ちを隠さず伝えた。適当に誤魔化して、このまま大学生活を送ることもできただろうに、栄一郎はそうしなかった。当たり前だが、彼の父親は激怒した。

「ふざけるなっ!!」

仁美と付き合っていることを知っていたらしく、「あんな貧乏人の小娘に騙《だま》されおって」と吐き捨てるように言ったという。本当は、もっとひどいことを言っただろう。仁美を罵《のの》り、侮辱したはずだ。だけど、栄一郎は教えてくれなかった。その代わり、愛の言葉を口にした。

「結婚しよう。ぼくと二人で幸せになろう」

プロポーズをしてくれたのだ。自分の気持ちを隠せないのは、栄一郎だけではなかった。仁美も、彼への思いを胸いっぱいに抱《いだ》いていた。

「君のことが大好きだ」

彼に言われて、死んでしまいそうなくらい嬉しかった。プロポーズしてもらえて幸せだった。涙があふれてきた。もう黙っていることはできない。あふれてきたのは、涙だけではなかった。

「わたしもです」

言葉があふれてきた。栄一郎への思いがあふれてきた。身分違いの恋だと分かっていたけれど、身を引くべきだと分かっていたけれど、好きだと言わずにはいられなかった。この気持ちを伝えずにはいられない。

「わたしも、あなたのことが大好きです。栄一郎さんを愛しています。初めて会ったときから、ずっとずっと愛しています」

誰よりも好きだった。心の底から愛していた。だから、二人は結婚した。この日から夫婦になった。幸せだった。本当に幸せだった。

けれど、仁美は一生後悔することになる。好きだと伝えたことを、愛していると言ったことを後悔する。結婚しなければよかったと思うことになる。

お金がなければ、暮らすことはできない。大学を続けられない。栄一郎は大学を辞めていた。プロポーズする前に退学の手続きを済ませ、地元の鉄工所に職を見つけていた。

仁美は何も知らなかった。ショックを受けながら話を聞き、質問をした。

「ピアノはどうするんですか？」

「どうするって続けるよ。大学に行かなくたって、ピアノは弾けるからね。この家には、ピアノがあるし」

その言葉に嘘はなかった。景気のいい時代のことで、鉄工所の仕事は忙しかったけれど、栄一郎は暇を見つけてピアノを弾いた。二人が暮らしているのは田舎の一軒家だから、夜に弾いても苦情は来ない。大きな音の出るピアノでもなかった。

仕事から帰ってくると、彼はピアノを弾いた。仁美の作った温かい飲み物を飲みながらメロディを奏でた。お気に入りは、やっぱりショパンだった。栄一郎はショパンを尊敬していた。

「会ったことないけどね」

冗談を言っては、仁美を笑わせた。慣れない仕事で辛いこともあっただろうに、おくびにも出さなかった。残業や休日出勤で疲れていても、仁美に当たったりしなかった。どこまでも優しい人だった。そんな穏やかで優しい人柄は、演奏する音楽にも現れる。彼がピアノを弾き始めると、どこからともなく猫がやって来た。小柄な黒猫だ。

「にゃあ」

挨拶するみたいに鳴いた。ピアノの邪魔をしないくらいの小さな声だった。遠慮しているように思えた。

「からす猫だね」

ピアノを弾きながら、栄一郎は微笑む。からす猫とは、黒猫のことだ。江戸時代、労咳《ろうがい》(肺結核)の者が飼うと病気が治るという俗信があった。

野良猫なのか近所の猫なのかは分からない。この時代は、飼い猫でも自由に外を歩き回っていた。栄一郎は、からす猫が来ることを歓迎した。

「病気が治るなんて、縁起のいい猫だよね」

何事に対しても前向きな人だった。大学に行けなくなったのに、額に汗して働かなければならなくなったのに、恨み言一つ言わずに古びたピアノを弾いて、穏やかに笑っている。

「あなたのピアノが好きみたいよ」

仁美が言うと、栄一郎は嬉しそうに笑った。

「ファン一号だね」

「二号よ。一号はわたしだから」

そんな他愛もない会話を交わした。その間も、栄一郎の指は休まない。古びたピアノは曲を奏でている。からす猫は庭先に座って聴いている。猫に音楽が分かるはずがないのに、うっとりと聴いているように見えた。


何年もの歳月が流れた。世の中は変わり、人々は移ろう。

栄一郎と結婚した二年後、仁美は正規の教員になることができた。それから、さらに数年後、彼の父親が他界し、少し間を置いて母親が鬼籍《きせき》に入った。家を継いだのは、栄一郎の知らない兄だった。母親違いの兄——昔の用語を使うなら庶子《しょし》である。珍しい話でもないだろうが、父親には愛人がいた。その子どもに政治家を継がせたのだった。

栄一郎の母親がどこまで知っていたかは分からないが、栄一郎は何も知らなかった。家を出ていたこともあり、彼が父親の代わりに選挙に立って、初めて兄の存在を知った。最初からそのつもりだったのかもしれない。仁美はそんなふうに思った。つまり、栄一郎に県議会議員の地盤を引き継がせ、自分の地盤を兄に与えるつもりでいたのかもしれない、と。

彼の父親は、栄一郎よりも兄のほうを買っていたような気がする。父親が死んだ今となっては、何を考えていたかは分からないけれど、少なくとも可愛がっていたようだ。とにかく、これで完全に生家との縁が切れた。栄一郎も墓参りには出かけるが、生まれた家に顔を出そうとはしなかった。

栄一郎の両親が死ぬのと入れ違いのように、仁美に子どもができた。すでに三十歳をすぎており、当時の基準では高齢出産だった。心配したが、無事に生まれた。可愛らしい女の子だった。のちに、一花の母親になる赤ん坊だ。栄一郎は子煩悩《ぼんのう》で、子どもができたことを喜んだ。

鉄工所の仕事に行き、我が子の顔を見て微笑み、ピアノを弾く。そんな毎日を繰り返していた。景気がよかったおかげで、栄一郎の給料で家を建て替えることもできた。仁美は幸せだった。何もかもが輝いて見えた。

でも、その生活は長くは続かなかった。人は、永遠に幸せではいられないものなのかもしれない。何の前触れもなく悲しい事件が起こった。悲惨で残酷な事件に巻き込まれた。

鉄工所の仕事は夜勤が多く、残業も当たり前のようにあった。帰宅が真夜中すぎになることも珍しくない。その日も、栄一郎は帰りが遅くなった。鉄工所を出たのは、午前零時ごろだったという。多くの人間が疲れている時間だ。

二人の暮らす家から鉄工所までは近く、小型バイク——ホンダのカブで通っていた。十分もかからない道のりだった。その十分の間に事故に遭った。居眠り運転の乗用車と衝突したのだった。栄一郎に非はなかった。何も悪いことをしていない。

だけど、死んでしまった。即死だった。大好きな栄一郎が、この世からいなくなってしまった。

仁美は泣いた。すぐにでも彼を追いかけたかったが、自分には娘がいる。栄一郎との子どもだ。ちゃんと育てなければならない。また、喪主としてやらなければならないこともあった。近所の人たちに手伝ってもらい、どうにか葬式をあげた。娘と二人で、彼にお別れを告げた。お経を上げてもらっているときも、火葬場でも、お墓に納骨した後も涙が止まらなかった。自分も娘もたくさん泣いた。たくさん、たくさん泣いた。

涙も乾かないうちに、栄一郎のいない生活が始まった。賠償金と保険金をもらい、会社から弔慰金《ちょういきん》と死亡退職金を受け取った。路頭に迷わずに済んだけれど、愛する夫を失った悲しみは癒えなかった。泣いていると、幼い娘が慰めてくれた。

「お母さん、泣かないで」

そう言いながら娘も泣いていた。栄一郎によく似た目に、涙をいっぱい溜めているのを見て、仁美は涙を呑み込んだ。母親の自分が、しっかりしなければいけないと思った。娘に心配をかけてはならない。そう思ったのだ。この日から泣くのをやめた。歯を食いしばって涙をこらえた。

我慢しなければ、ならないことがある。がんばらなければ、生きていけない人生がある。悲しみを忘れなければ、暮らすことのできない生活があった。

時間は、川の流れのように通りすぎていく。人の運命は、川面に浮かんだ枯れ葉のようなものだ。流れに逆らうこともできないし、そのまま留まることもできない。ただ、どこかへ流されていく。

仁美は必死に働いた。そのおかげで、どうにか暮らすことができた。娘と二人で、がんばって生きてきた。泣かずに、がんばってきた。あの日から、本当に泣いていない。

「もう泣いてもいいよね」

そう呟いたのは、娘が嫁いでいった日の夜のことだった。家には、誰もいない。独りぼっちだった。明日も明後日も、ずっと独りぼっちだ。

仁美は照明を消して、縁側から月を見ていた。満月の夜は静かで、庭には野良猫さえやって来ない。からす猫も、ずいぶん前から顔を見せなくなっていた。栄一郎のピアノを聴きに来ていたときから、長い歳月が流れている。あるいは、からす猫も死んでしまったのかもしれない。夫も猫も、いなくなってしまった。

こんなふうに独りぼっちでいると、いろいろなことを思い出す。嫁いでいった娘のこと。そして彼のこと。死んでしまった夫の人生を思った。

「ごめんなさい」

どこにも届かない声で謝った。自分と出会ったことで、栄一郎の人生は変わってしまった。仁美がいなければ、大学を辞めることはなかっただろう。鉄工所で働くこともなかった。その帰り道で交通事故に遭うこともなかった。ピアニストにだってなれたかもしれない。政治家になることを強要されてはいたが、いくらでも逃げ道はあったはずだ。知らなかったこととはいえ、実際には兄がいたのだから。

栄一郎の夢を奪ってしまった。ピアニストになれなかったのは、仁美のせいだ。彼が早く死んだのも、自分のせいだ。

あのとき――プロポーズされたとき、身を引くことのできなかった自分を恨んだ。断らなかったことを後悔した。

わたしも、あなたのことが大好きです。栄一郎さんを愛しています。初めて会ったときから、ずっとずっと愛しています。

「あんなこと、言わなきゃよかったのよ」

泣きながら古びたピアノに近づいた。栄一郎が褒めてくれた、あのピアノだ。中古の安物なのに、「いいピアノだね」と言ってくれた。それから、『子犬のワルツ』を弾いてくれた。美しいメロディを聴かせてくれた。遠い昔のことなのに、昨日の出来事のように思える。目を閉じると、音楽が聞こえてくるようだった。

ピアノの寿命は三十年と言われているが、きちんと手入れをすれば百年でも弾くことができる。栄一郎が死んだ後、専門業者に頼んでオーバーホールしてもらった。調律も欠かしていない。

鍵盤に触れると、ちゃんと音が鳴った。でも、彼が出した音とは違う。仁美が弾く音は、どこかくすんでいた。

「ごめんなさい」

　また、謝った。夢を奪って、ごめんなさい。仁美は死んでしまった夫に謝った。

◯

　灯籠が流れていく。ほのかな灯りが、令和時代の小糸川をくだっていく。川の流れに揺れながら、だんだん小さくなっていく。

「おじいちゃんに謝りたいの」

　昔話を終えた後、祖母は一花に言った。あの世でも謝るけど、生きているうちに謝りたいと言った。

　死んだ人間と会うことはできない。だから、謝ることはできない。当たり前だ。墓参りに行きたいということだろうか。でも、それなら毎日のように行っているし、そういうニュアンスの言い方でもなかった。昔話のついでに言ってみただけという雰囲気でもない。分からなかった。おじいちゃんに謝りたい、と言った意図が分からない。一花が黙っていると、祖母が続けた。

「この町にはね、ちびねこ亭があるの」

唐突に話が変わったように思えた。話についていけず、とりあえず聞き返した。

「ちびねこ亭？」

「そう。ちびねこ亭。海辺にある食堂。可愛い子猫がいるの」

いつもにも増して優しい声で、一花に教えてくれた。悲しげだった顔が和《やわ》らいでいる。お気に入りの店なのかもしれない。もしくは、祖父との思い出の店——。

ふたたび昔話を始めるのかと思ったが、そうではなかった。祖母は不思議なことを言い出した。

「ちびねこ亭に行って思い出ごはんを食べるとね、死んでしまった人と会うことができるの」

確かにそう言った。

「……え？」

一花は目を見開いた。話についていけないどころか、一瞬、何を言われたのか分からなかった。しかし、その言葉の意味は、はっきりしていた。

「死んでしまった人と会えるって……」

呟くと、声が震えていた。怖かったのかもしれない。祖母がおかしくなったと思ったのかもしれない。

「そのままの意味よ。思い出ごはんを食べると、死んじゃった人が現れるの。大切な人と会うことができるの」

祖母の声は、しっかりしていた。穏やかで理知的で、おかしくなった人間のものではないし、冗談を言っている感じでもなかった。変な宗教にはまったのかとも思ったけれど、地元の寺の住職とも仲よしで、簡単に騙されるような人ではない。

本当のことを言っている。本当に、死んだ人と会える店があるんだ。信じられない話だったけど、一花は信じた。上手く説明できないが、そんな不思議な店があってもいいような気がしたのだ。この世に一つくらい、あってもいい。

「思い出ごはんを食べにいったの？」

話の続きを促《うなが》すつもりで聞くと、祖母は首を横に振った。

「まだよ」

「どうして？　どうして、おじいちゃんに会いに行かないの？」

問いを重ねると、祖母は寂しそうに笑い、そして、答えた。

「だって、こんなに、おばあちゃんになっちゃったから」

「おばあちゃんだなんて――」

言いかけて、やめた。中学生の一花の目から見ても、祖母は若々しい。肌は綺麗だし、背筋もしゃんと伸びている。でも、それは「七十代にしては」という但し書きが付く。一花の母と並ぶと、やっぱり親子だと分かる。おばあちゃんに見える。

祖父は三十九歳で死んでいる。今の母より年下だ。会いに行くのは、勇気が必要なのかもしれない。おばあちゃんになった姿を見せたくないという気持ちは、何となくだけど理解できた。

「でも、いつかは行くと思うの。ちゃんと謝っておかないと、あの世に行ったときに会わせる顔がないから」

遠くに行ってしまった灯籠の光に目をやりながら、祖母は呟いた。自分に言い聞かせるような口調だった。

だけど、そのいつかは来なかった。ちびねこ亭に行く前に、祖母は倒れてしまった。


「ピアニストになんて、なれなかったよ」

一花は、誰もいない小糸川沿いの道路を歩きながら呟いた。祖父のことを考えていた。ピアニストになりたがっていたという祖父のことを。

「簡単になれるものじゃないから」

子どもに言い聞かせるように言った。万が一、ピアニストになれたとしても競争の激しい世界だ。誹謗中傷《ひぼうちゅうしょう》だって多い。自分の才能のなさを思い知らされて、みんなに悪口を言われて、プライドを傷つけられて、ピアノを嫌いになっていた可能性だってある。

「就職できて結婚できたんだから勝ち組じゃん。家を建てて、趣味でピアノを弾いてたんだから」

自分とは違う。就職どころか、高校に行けるかさえ分からないのだ。就職も結婚もできない人間があふれている現代とは事情が違うかもしれないが、少なくとも一花よりは幸せだ。

でも、その一方で祖母の気持ちも分かった。自分のせいで、誰か——それも好きな人が、夢を諦めたと思いながら生きていくのは辛いことだ。

「だったら、おじいちゃんを呼んでくればいいじゃん」

一花は決めた。大好きな祖母のために、そう決めた。祖母は倒れてしまった。ちびねこ亭に行けそうにない。だったら、祖父にお見舞いに来てもらえばいい。そうすれば、祖母の意識も戻りそうな気がした。元気になりそうな気がした。

祖母には、恩がある。優しくしてもらったし、話を聞いてもらった。祖母がいなかったら、一花の人生はもっと辛かっただろう。このまま意識が戻らなかったら悲しすぎる。死んでほしくなかった。

それから、ピアニストになれなかった祖父に会ってみたい気持ちもあった。立場も状況も違うけど、挫折したという点では一緒だ。

「会えるといいな……」

食堂の場所は分かっている。

千葉県君津市ちびねこ亭。

祖母が倒れた後、スマホで検索した。個人のものらしきブログが出てきた。「ちびねこ亭の思い出ごはん」というタイトルで、店の人が書いているみたいだ。

住所の書いてあるページをさがすと、すぐに見つかった。食堂は、祖母の家から歩いて二十分くらいの場所にあった。海まで散歩したことがあったから、だいたいの位置も分かった。

それ以外の記事は読まなかった。ネットはなるべく見ないようにしている。どこに自分の悪口が書かれているか分からないからだ。見るのは、親や祖母からのＬＩＮＥくらいだった。

一花はちびねこ亭に行こうとしている。ときどきスマホで地図を確認しながら、小糸川沿いの道を東京湾に向かって歩いていた。

相変わらず誰もいない。本当に静かな町だ。静かすぎる。祖母が倒れる前も、こんなに静かだっただろうか？

思い返そうとしたが、記憶になかった。おぼえていない。君津市に何度も来ているはずなのに、分からなかった。

自分のことだけで――ピアノから逃げることだけで精いっぱいで、周囲を気にする余裕がなかったのかもしれない。今だって余裕があるわけじゃないけれど。

そんなことを考えて歩いていると、ふいにピアノの音が聞こえてきた。誰かがピアノを弾いている。

「『子犬のワルツ』だ」

そう呟き、足を止めた。すると、それが合図だったみたいに、ふと音が消えた。まだ曲の途中だったのに、ピアノが止まってしまった。

「あれ？」

首を傾げた。小糸川沿いに民家はあるが、どの家も静まり返っていて、ピアノを弾いている様子はなかった。家の中でYouTubeでも見ているのかもしれないけれど、生ピアノの音のように聞こえた。でも、それにしたって、急に消えてしまうのはおかしい。聞こえてきたのだって突然すぎる。

「空耳か……」

他に考えようがなかった。『子犬のワルツ』が出てくる、祖母の話を思い出していたせいだろう。ずっとピアノをやっていたせいで、曲名を聞いただけでメロディが頭に流れることがある。

「バカみたい」

空耳とピアノ演奏の区別がつかないなんて終わっている。一花は肩を竦《すく》め、地面に目を落とした。そのまま視線を上げることなく、ふたたび歩き始めた。ピアノの音はもう聞こえなかった。

何分か進んだところで、今度は、ウミネコの鳴き声が聞こえてきた。ミャオ、ミャーオと鳴いている。さっき聞こえたピアノの音と違って、この鳴き声は空耳ではなかった。何羽もの海鳥たちが鳴きながら、青空を飛んでいる。

顔を上げると、東京湾が目の前にあった。いつの間にか、小糸川は終わっていた。振り返ると、祖母の家が、はるか遠くに見えた。

改めて前を見た。人のいない風景が続いていた。どこまで行っても誰もいない。無人の砂浜と海、青空が広がっている。生きているものといえば、ウミネコだけだ。ミャオ、ミャーオと鳴きながら、空を飛んだり砂浜を歩いたりしている。数え切れないくらい、たくさんいた。

「なんか、すごい。ウミネコの国に来たみたい」

また、独り言を呟いた。今まで何度か海辺には来ていたけど、こんな風景を見たのは初めてだった。

我が物顔で動き回る海鳥たちに目を奪われていると、ウミネコとは違う動物の鳴き声が聞こえてきた。

「みゃ」

そっちを見ると、少し先に白い貝殻を敷き詰めた小道があって、茶ぶち柄の子猫が座っていた。鳴いたのは、この子猫だった。そして、人のいない風景が終わった。子猫のすぐ近くに男の人がいた。店らしき青い建物の前で、黒板を片付けている。

一花は慌てた。男の人は、たぶん店を閉めようとしている。黒板は看板代わりに使っているものだろう。きっと、あの青い建物がちびねこ亭だ。まだ正午にもなっていないのに、もう閉店するのか。

「すみませんっ！」

大声を上げると、男の人がこっちを見た。けっこう若い。大人の年齢がよく分からないけれど、まだ二十代だろう。縁の細い眼鏡をかけていて、優しそうな顔をしている。少女漫画に出てくる、優しい先輩風の顔だった。一花は、ほっとした。怖そうな人だったら、話しかけることもできない。駆け寄りながら質問をした。

「ちびねこ亭の人ですか？」

返事をしたのは、茶ぶち柄の子猫だった。

「みゃん」

それから、ちびっこい頭を上下に振った。頷いたように見えたのは、さすがに気のせいに決まっている。男の人がため息をついた。

「あなたは人ではないでしょう」

子猫に言ったようだ。呆れているみたいだけど、その声も優しかった。一方、子猫は不満そうな顔をしている。

「みゃあ」

抗議するみたいに鳴いたが、男の人は相手にしなかった。子猫を無視して一花に向き直り、丁寧な言葉で答えてくれた。

「ちびねこ亭の福地櫂です。当店にご用でしょうか？」

男の人——櫂は、見かけ通りに優しい人だった。一花を子ども扱いせず、もう終わりですかと聞くと、ちゃんと答えてくれた。

「ええ。当店は、午前中だけの営業となっております」

やっぱり店を閉めようとしていたのだ。電話してから来ればよかった。営業時間を確認しなかった自分が悪い。出直すべきなのは分かっていたが、一刻も早く、祖父を祖母に会わせたかった。明日では、間に合わない。そんな気がした。

「お願いです。死んだ人と会えるごはんを、思い出ごはんを作ってください。早くしないと、おばあちゃんが……。おばあちゃんが……」

あとは言葉にならなかった。病院のベッドに横たわる祖母の姿が思い浮かんだ。酸素マスクをして、チューブにつながれていた。一花が呼びかけても、返事をしなかった。ずっと眠っていた。死んじゃったみたいに眠っていた。脳出血を起こしたんだ、と父は言った。このまま目を覚まさない可能性もある、とも言った。

そんなの、嫌だった。目を覚まして欲しかった。死なないで欲しかった。祖母に生きていて欲しかった。

一花は泣いてしまった。嗚咽が止まらなくなり、しゃくり上げるように泣いた。視界が霞《かす》み、周囲が見えなくなった。ぽたぽたと砂浜に水滴が散った。涙がこぼれ落ちたのだった。

「みゃあ」

心配そうな鳴き声が聞こえた。茶ぶち柄の子猫が、一花の足もとに来て、のぞき込むように見ている。一花の顔を見ていた。

そのしぐさが優しすぎて、子猫にまで心配してもらっている気がして、一花はさらに泣いた。

こんなところで泣いてはいけない。初めて会った人の前で泣くなんて恥ずかしいし、相手も迷惑だ。それくらい分かっていたけれど、どうしようもなかった。悲しい気持ちを抑えることができなかった。

とうとう両手で顔を覆って、声を上げて泣いてしまった。一花は、わあわあ泣いた。小学生の女の子みたいに泣いた。

しばらく泣いてから、どうにか謝った。

「す……すみません……」

情けなかった。恥ずかしかった。そんな一花に同情したのだろう。泣いている子どもを追い返すわけにはいかないと思ったのかもしれない。櫂は、黒板をもとの場所に戻してから、こんなふうに言ってくれた。

「詳しい話を伺ってもよろしいでしょうか」

もう閉店の時間なのに、一花の話を聞いてくれるというのだ。

「……はい」

頷くと、櫂が店の扉を開けた。カランコロンとドアベルが鳴って、新しい空間が目に飛び込んできた。柔らかで温かい明かりが満ちている。

まぶたに涙が残っているからそう見えただけなのかもしれないけれど、その明かりは、幼いころに絵本で見た灯台の灯を思わせた。道に迷って行き場のない、孤独な旅人を安心させる明かりだ。

「どうぞ、お入りください」

櫂が優しく言い、茶ぶち柄の子猫が行き場のない旅人を——一花を歓迎するみたいに鳴いた。

「みゃあ」

ちびねこ亭は、小さな店だった。テーブルと椅子は木製で、二組分しかない。壁際に大きな古時計があって、その隣に、ゆったりとした感じの椅子が置いてあった。

「こちらの席でよろしいでしょうか？」

案内されたのは、窓際の席だった。窓は大きく、外の景色がよく見える。

「は……はい」

涙を拭きながら答えた。すごく恥ずかしかった。バカみたいだし、泣けば何とかなると思っている女の子みたいだ。案内された席に座って小さくなっていると、また、茶ぶち柄の子猫が鳴いた。

「みゃあ」

今回は、一花に向かって鳴いたわけではなかった。その証拠に、こっちを見ていない。しっぽを軽く振りながら、とことこと壁際の大きな椅子のほうに歩いていく。

このタイミングで櫂が子猫を紹介した。

「当店のちびです」

「みゃ」

子猫のちびが反応した。だけど、どことなく適当な感じの鳴き方だった。壁際の椅子に飛び乗り、伸びをすると丸くなってしまった。そして何秒もしないうちに寝息を立て始めた。寝てしまったみたいだ。

その様子を見ているうちに、また少し気持ちが落ち着いた。恥ずかしがっている場合じゃない。せっかく店に入れてもらえたのだから、ちゃんと話そう。

「会いたい人がいるんです。思い出ごはんを作ってください」

改めて言った。祖父母のことを話した。昔のことだけではなく、祖母が倒れて意識が戻らないことも話した。

櫂は何も言わずに聞いている。ちびは完全に眠ってしまったらしく、動かないし鳴かない。いつの間にかウミネコの鳴き声も消えていた。静かな店内に、一花の声だけが響いた。その声は、思い出ごはんを作ってくださいと繰り返し頼んでいる。

材料がなければ、料理は作れない。いきなり特定の料理を作れと言われても、無理だ。思い出ごはんも例外ではなかった。事前の予約が必要だった。やっぱり電話をすべきだった。

本来なら、祖母の思い出ごはんも作ってもらえないところだ。しかし、たまたま——本当に偶然に、材料があった。それも数日前にもらったものらしい。

「いただきものですが、それでよろしければ」

申し訳なさそうに言われた。もらったものを客に出すことに躊躇いがあるのかもしれない。それでも構わない。もらいものだろうと構わない。

「お願いします」

一花が答えると、その返事を予想していたみたいに櫂が頷いた。

「では、少々お待ちください」

そう言うなり、キッチンらしきところに行ってしまった。これから、思い出ごはんを作ってくれるようだ。

一花は驚いた。自分で頼んだくせに驚いた。こんなに簡単に、思い出ごはんを食べられると思っていなかった。展開が早すぎる。

「大丈夫……だよね」

声に出さず呟いた。本当に祖父に会えるのか不安になった。いろいろな意味で、この店は普通すぎる。スピリチュアルな感じはなく、寺や神社みたいな宗教的な雰囲気もない。ただの居心地のいい店だ。死んだ人が出てきそうな気配は微塵《みじん》もない。その上、簡単に思い出ごはんを作ってもらえた。

しかも、あっという間にそれは完成したらしい。十分もしないうちに、キッチンから櫂が戻ってきた。マグカップを持っている。湯気が立ち、甘い香りが店いっぱいに広がった。そのにおいで分かった。ちゃんと祖母の思い出ごはんを作ってくれたのだと分かった。

テーブルに歩み寄り、祖母の昔話に登場した飲み物を置いた。漫画に出てくる執事みたいにお辞儀をしてから、その飲み物の名前を言った。

「お待たせいたしました。ご注文いただいたホットチョコレートです」

祖父はショパンに憧れていた。そのショパンの大好物が、ホットチョコレートだったと言われている。真似をして飲んでいたのだ。子どもっぽい気もするけど、尊敬する人の真似をしたくなる気持ちは分かる。

ホットチョコレートとココアの違いは難しい。インスタントのココアを、ホットチョコレートと呼んでいる家庭もあるかもしれない。

例えば、森永ミルクココアは大正八年に発売されているので、祖父が生きていたころには存在していて、すでに人気商品だった。そのココアをホットチョコレートと呼んでいても不思議はない状況だ。

でも、祖母は粉のココアを使わなかった。わざわざ板チョコレートを刻んで、温めた牛乳に溶かして作っていた。祖父は、それを飲みながらピアノを弾いた。一花も作ってもらったことがあった。甘くて美味しかった。

「こちらでよろしいでしょうか？」

「は……はい」

一花は頷いた。テーブルには、三人分のホットチョコレートが並んでいる。一花と祖父母の分だ。チョコレートの甘い香りが、店いっぱいに満ちていた。

「君津牛乳を使いました」

燿が注釈を加えるように言った。君津牛乳なら知っている。富津《ふっつ》市大堀《おおほり》にある牛乳メーカーだ。小中学校、保育園の給食に出されていることもあり、地元での知名度は高い。スーパーでも入手することができるらしく、祖母も君津牛乳をよく買っていた。明治四十年の創業だというから、祖父が飲んだホットチョコレートにも、この牛乳が使われていたのかもしれない。

「温かいうちにお召し上がりください」

燿に促され、一花はカップを手に取った。祖父に会えるかは分からないけど、祖母が作ってくれたホットチョコレートとそっくりだった。

「いただきます」

小さく言ってから、ホットチョコレートに息を吹きかけ、ちょっぴり冷ましてから口をつけた。

まだ熱かったが、火傷するほどではない。びっくりするくらい甘かったけど、温かい牛乳とチョコレートが混じり合い、ほっとする味になっている。温かい甘さが心地いい。身体を縛っていた緊張の鎖が解《ほど》けていく。気持ちが楽になった。肩の力が抜けた。こんなにくつろいだ気持ちになるのは、久しぶりだった。天才ピアノ少女と呼ばれるようになってから、初めてだったかもしれない。

一花はカップを置いた。もういらないと思ったわけではない。これを作ってくれた櫂にお礼を言おうと思ったのだ。とっても美味しいです、と言いたかった。ありがとうございます、と伝えようとした。

だが、伝えることはできなかった。櫂がいなくなっていたのだった。

一花は首を傾げた。テーブルのそばに立っていたはずなのに、一花がホットチョコレートを飲んでいる数秒の間に消えてしまった。自分という客がいるのに外に行くはずはない。きっとキッチンにいる。そう決め付けて声を出した。

〝あの――〟

おかしい。声が変だ。くぐもったみたいになっている。風邪を引いたのか。もしくは花粉症になったのか。でも喉は痛くないし、くしゃみも咳も出ない。アレルギーで、こんなふうになるという話も聞いたことがなかった。

〝じゃあ、これ何？　何なの？〟

不安を口に出すと、意外なところから返事があった。

〝みゃ〟

子猫の声だ。眠っていたはずのちびが、こっちを見ていた。その声もくぐもっていた。すると、喉じゃなくて耳がおかしくなったのだろうか。違和感はなかったけど、この聞こえ方は異常だ。

真っ先に思い浮かんだのは、自分の将来だった。もうピアニストにはなれないと思った。耳が不自由でも、音楽家として成功する人はいる。例えば、ベートーベンは難聴だった。でも、それは才能がある人の場合だ。一花はベートーベンではない。自分のレベルで耳までおかしくなったら、音楽家として成功するのは無理だろう。

〝どうせ、やめるつもりだったし〟

ピアノをやめたくて仕方なかったくせに、呟いた声は震えていた。音楽家としての将来が絶たれるのが怖かった。身体も震えた。心も震えている。音が鳴ったのは、そのときのことだ。

カラン、コロン。

それは、ちびねこ亭のドアベルの音だった。いつの間にか、入り口の扉が開いていた。だけど誰もいない。扉の向こうに、人はいなかった。人間だけではなく、あんなにたくさんいたウミネコの姿も消えている。

風のしわざだろうか？

しかし、扉を開けるほど強い風は吹いていない。軽い風で開いてしまうような扉ではなかったと思う。不思議だった。どうして開いたのか分からない。

とりあえず、外の様子を見に行こうと立ち上がりかけたときだ。ふたたび、唐突に音が鳴った。

〝ポロン〟

確かめなくても何の音だか分かる。ピアノだ。誰かがピアノを弾いた音だ。間違いなく、鍵盤を叩いた音だった。

引き寄せられるように窓の外を見た。そして、息を呑む。景色が変わっていた。海や砂浜がなくなったわけじゃない。ただ、一花の知っている風景ではなかった。ピアノがあった。そう、ピアノがある。

桜の花びらが砂浜に舞い、古びたピアノが波打ち際に置かれていた。祖母の家にあったものだ。

〝――嘘〟

わけが分からなかった。ピアノが――それも、祖母の家にあったものが現れるなんて、自分は夢を見ているのだろうか？

夢を見ているにしては、いろいろなものがリアルに感じられた。風は暖かいし、桜の花びらもピアノも、はっきりと見える。存在感がありすぎる。そのくせ砂浜に人の姿はなく、誰かがピアノに触れた形跡はなかった。どうして鳴ったのか分からない。

ピアノのそばに行ってみようと考えかけたとき、子猫のちびが大きな声で鳴いた。

〝みゃん！〟

はっとするような声だった。見れば、椅子の上に四本足で立って、しっぽをピンと立てていた。子猫が立っているだけなのに、妙な緊張感があった。思い浮かべたのは、オーケストラの指揮者だ。茶ぶち柄の子猫がオーケストラの指揮者みたいに見えた。

その印象は、あながち間違っていなかった。ちびがしっぽを振ると、砂浜のピアノが演奏を始めた。弾いている人間がいないのに、メロディを奏《かな》でている。弾き手がいないのに、ちゃんと曲になっている。しかも、子猫の指揮者にぴったりの曲だった。

ワルツ第6番変ニ長調 作品64－1。

通称、『子犬のワルツ』。

祖母の昔話に出てきた曲だ。祖父母の思い出の曲が演奏されている。何を思うこともできなかった。一花は砂浜に置かれたピアノに目を奪われ、そのピアノの奏でる音楽に耳を奪われていた。店の中では、ちびの指揮が続いていた。

〝みゃ〟

茶ぶち柄の子猫が指揮棒を振るみたいに、しっぽを大きく動かした。それが合図だったようだ。砂浜のピアノを弾く人物のシルエットが浮かび上がった。

三十代にも四十代にも見える男の人だった。小柄で痩せていて、度の強そうな黒縁の眼鏡をかけている。子どもみたいに目をキラキラさせながら、楽しそうにピアノを弾いていた。

〝おじいちゃんだ〟

一花は呟いた。会ったことはないけれど、写真で顔を知っていた。遠い昔に死んでしまった祖父が、砂浜のピアノで『子犬のワルツ』を演奏していた。三十九歳の祖父だろうか？

とにかく、祖父が現れた。死んでしまった人間が、すぐそこにいる。窓の外でピアノを弾いている。素人くさいところはあるけれど、温かみのある演奏だった。いつまでも聴いていたかったが、一花にはやるべきことがあった。座っている場合ではない。

おばあちゃんのところに連れていこう。そのために、思い出ごはんを注文したのだ。無理を言って、ホットチョコレートを作ってもらったのだ。

それに、早くしないと祖母が死んでしまう。一秒でも早く、祖父をお見舞いに連れていかなければならない。

声をかけるため、店の外に出ようとした。祖父のそばに行こうとした。しかし、身体が動かなかった。椅子から立ち上がることさえできない。金縛りに遭ったみたいに、ぴくりともしなかった。

〝どうして……？〟

問いかけた声は、ピアノの音に紛れた。誰も返事をしてくれなかった。そして、一花を置き去りにするように、曲が変わった。次の曲に移った。美しいけれど、少し悲しいメロディが鳴り始めた。これもショパンの曲だ。

世界でいちばん美しいと言われることもある名曲。

練習曲作品10第3番ホ長調。

通称、『別れの曲』。

一花自身、何度も弾いたことがあった。コンクールでも弾いたし、テレビに出たときにも弾かされた。ただ、この曲を聴くたびに思い出すのは、古い日本映画『さびしんぼう』だった。

いつ、どこで、そんな映画を見たのかさえも記憶にないのに、主人公の男の子がピアノの練習をしているシーンが思い浮かぶ。男の子は、上手く曲を弾けない。その姿が自分と重なり、涙があふれそうになる。すごく悲しくなる。でも、男の子には好きな女の子が現れる。彼には、青春があった。

砂浜では、演奏が続いている。祖父の弾く『別れの曲』は、これまで聴いたどの『別れの曲』よりも悲しかった。涙がこぼれ落ちる音を聞いているみたいだった。祖父の悲しみを感じた。祖父は悲しみながら、砂浜でピアノを弾いている。

ピアニストになれずに死んでしまったことを、悲しんでいるのだろうか？

それとも、祖母と結婚したことを、後悔しているのだろうか？

お金持ちの一人息子だったのだから、額に汗して働かなければならない生活は苦しかったはずだ。祖母と結婚しなければ苦労することもなかった。そう思っても不思議はない。だとすると祖母がかわいそうすぎる。祖母のお見舞いに行ってくれ、と言っても断られる気がした。

そんなことを思っていると、どこからともなく暖かい風が吹き、ひとひらと桜の花びらが、店の中に迷い込んできた。ひらひら、ひらひらと舞いながらテーブルの上に落ちた。それを見た拍子に、ホットチョコレートが目に入った。湯気が消えかかっていた。もうすぐ冷めてしまう。

死者がこの世にいられるのは、思い出ごはんが冷めるまで。

誰に教わったわけでもないのに、一花は知っていた。なぜ知っているのかを考える暇はない。もう時間がなかった。これから、祖父を病院に連れていくことはできない。金縛りに遭ったまま動くことができないし、仮に祖父に話しかけることができても、事情を説明しているうちに冷めてしまうだろう。奇跡の時間は終わってしまう。

祖母に会わせることはできなかった。ちびねこ亭まで来たのは無駄だった。祖父が後悔していることを知っただけだ。

けれど、そう思った自分は間違っていた。祖父のピアノが――『別れの曲』が悲しく聞こえたのは、人生を後悔しているからではなかった。ピアニストになれなかったことを悔やんでいるからでもない。

〝みゃっ〟

ちびのしっぽが激しく動き、窓の外の景色が一変した。一花の視界を遮るように、桜吹雪が舞ったのだった。

祖父の姿もピアノも見えなくなった。音も消えてしまった。だが、それは一瞬のことだった。桜吹雪の向こう側から、新しい音が聞こえてきた。やっぱりピアノの音だった。さっきと同じ曲——『別れの曲』を弾いている。だけど、祖父とは違う弾き方だ。祖父ではない誰かが、ピアノを弾き始めたみたいだ。

その誰かは、祖父ほど上手ではなかった。自己流で学んだものらしく、弾き方に癖があった。そして、一花はこの癖を知っていた。弾いているのが誰だか分かった。

〝……おばあちゃん？〟

この呟きに返事をしたのは、子猫のちびだった。お気に入りの椅子の上で、小さく鳴いた。

〝みゃん〟

また、しっぽが動いた。この子猫がしっぽを動かすたびに、奇跡が起こる。今回も、そうだった。窓の外に視線を戻すと、桜吹雪の中に祖母がいた。倒れる前の祖母が、祖父の隣に座っていた。連弾——一つのピアノを二人で弾いている。四つの手が鍵盤を叩き、

『別れの曲』を奏でている。身体を寄せ合うようにして、小さなピアノを二人で弾いている。

祖父も祖母も、微笑んでいる。見つめ合いながら二人で演奏していた。三十九歳の祖父と、白髪頭の祖母。親子ほどの年の差があるはずなのに、ちゃんと恋人同士に見える。幸せそうだった。お互いのことを大切に思っていると分かった。

そして、もう一つ、分かったことがある。分かりたくないけれど、分かってしまったことがある。

祖母は祖父に謝りたいと言っていたが、そんな必要のない場所に行ってしまったんだと分かった。きっと、年の差なんて関係のない、痛みも苦しみもない世界に行ってしまったんだ。

もう、祖父をお見舞いに連れていく必要もない。『別れの曲』を弾いているのは、一花にさよならを言っているのだ。優しかったこの世のすべてに、さよならを言っている。

来てくれて、ありがとう。

私たちの孫として生まれてきてくれて、ありがとう。

そんな声が聞こえた。祖父の声のようでも、祖母の声のようでもあった。二人ともピアノを弾いているだけでしゃべっていないのに、確かにそう聞こえた。

人は、さよならを言うために生きている。誰でも死ぬときが訪れる。最期の瞬間に、ありがとうと言えるのは、きっと後悔のない証拠だ。

〝さよなら、おじいちゃん。おばあちゃん〟

呟くと、涙がバカみたいに流れた。止まらなかった。もう止めようとは思わなかった。

視界が霞み、テーブルの上にぽたぽたと水滴が落ちた。祖父と祖母の姿が見えなくなった。

慌てて涙を拭って砂浜に目をやると、二人の姿は薄くなっていた。テーブルの上では、ホットチョコレートの湯気が消えかかっている。あの世に行ってしまう時間が訪れたのだ。

この世から去っていく瞬間が訪れようとしているのだ。

祖父母は、連弾を続けている。『別れの曲』のメロディが、一花の身体を包んでいた。ピアノの音が、心の底を温かくしていく。

悲しいはずなのに、一花は笑っていた。二人を笑顔で見送るのが、孫の仕事だと思ったのかもしれない。別れは悲しいけど、笑うことができた。

〝さよなら、おじいちゃん。さよなら、おばあちゃん。ピアノを聴かせてくれて、ありがとう。私、おじいちゃんとおばあちゃんの孫でよかった。ありがとう。最期に会ってくれて、ありがとう〟

ふたたび別れの台詞を口にした。涙を流しながら、笑顔で言った。ありがとうと繰り返した。

そのときのことだ。そんな一花の声に呼ばれたみたいに、どこからともなく真っ黒な猫が歩いてきた。見た瞬間に、何者だか分かった。昔、祖父のピアノを聴いていたという、からす猫だ。

猫の寿命は、人間よりも短い。すでに、あの世で暮らしているのだろう。そのからす猫が、二人を迎えに来たのだと思った。

〝にゃあ〟

からす猫が鳴いた。

〝みゃん〟

ちびが鳴き返した。

二匹の猫は、視線を交わしている。業務連絡をしたみたいに思えたのは、さすがに気のせいだろう。たぶん、お互いの鳴き声に反応しただけだ。

〝みゃあ〟

ちびが、しっぽを下ろした。とたんに桜の花びらが消え、祖父母の姿が見えなくなった。

ピアノと『別れの曲』、それから、やって来たばかりのからす猫も消えた。何もかもが消えてしまった。

あとには、砂浜と空、海、そして、自分と子猫だけが残った。この世界に残っていた。

カランコロン、とドアベルの音が鳴った。ちびねこ亭の扉が閉まる音だった。

スマホが振動した。画面を見ると、母からだった。世界は、もとに戻っていた。櫂の姿もある。

「電話に出てもいいですか？」

質問すると、櫂が静かに頷いた。

「もちろんです」

声はくぐもっていなかった。『別れの曲』も聞こえない。一花はスマホをタップして電話に出た。短い前置きの後、母が小さな、とても小さな声で言った。

「おばあちゃんが死んじゃった」

驚きはなかった。やっぱり、そうだったんだと思った。夢じゃなかったんだと思った。でも悲しかった。あの世に行ってしまったことを知っていたのに——ちゃんと祖母とお別れをしたのに、やっぱり悲しかった。

けれど、一花は泣かなかった。泣きそうになったけど、泣いている場合じゃない。母だって悲しいのだから、自分がしっかりしなければならない。一花だけが祖母の別れの言葉を聞くことができたのだから。『別れの曲』を聴くことができたのだから。

「すぐ帰る」

励ますように言った。一花の気持ちは伝わった。母が、ありがとうと返事をした。その声は湿っていた。

いったん祖母の家に帰ることになった。父が自動車で迎えに来て、一緒に病院に行く予定だ。でも、すぐには病院を出られないらしく、しばらく祖母の家で待っていなければならないようだ。母はそのことを心配した。

「一人で大丈夫？」

「うん。ピアノを弾いてるから大丈夫」

自然と言葉が出た。本当に、ピアノを弾きたくなっていた。天才じゃなくていい。コンクールで勝てなくても、ピアニストになれなくてもいい。ただ、誰かのために弾きたかった。大切な人のために弾きたかった。

まずは、祖父母のために『別れの曲』を弾こう。それから、悲しんでいる両親のために、何か楽しい曲を――。そうだ、『子犬のワルツ』を弾こう。

何もできない自分だけど、ピアノを弾くことはできる。祖父母や両親のためにピアノを弾けるのは、この世で自分だけなのだから。

古時計のほうを見ると、ちびが眠っていた。すやすやと静かな寝息が聞こえる。もう夢は見ていないようだった。

「ごちそうさまでした。とっても美味しかったです」

櫂にお礼を言って、ちびねこ亭を後にした。外の世界は、春の日射しが満ちあふれていた。

遠い昔、祖父と祖母が散歩をした砂浜を、一花は歩いた。いつの日か、この瞬間を思い出すときがくるのかもしれない。そんな未来があるような気がした。

ちびねこ亭特製レシピ

ホットチョコレート

材料（1人前）

・板チョコレート　1枚
・牛乳　160cc

作り方

1　板チョコレートをカットする。溶けにくいチョコレートを使う場合は、なるべく細かく刻む。
2　鍋に牛乳を入れ、沸騰しないように温める。レンジで加熱したものを使っても可。
3　熱した牛乳に1を入れて、十分にかき混ぜる。チョコレートが溶けきらない場合は、さらに加熱する。
4　チョコレートが溶けきったら、カップに注いで完成。

ポイント

マシュマロやホワイトチョコレートなどを添えるとさらに美味しく、SNS映えします。ブランディやラム酒を入れると、大人の味を楽しむことができます。

黒猫食堂と焼きおにぎり

君津市民文化ホール

君津市民文化ホールは、音響効果に配慮した多目的な大ホールと音楽専用ホールでありながら残響可変装置を備え、クラシカルな演奏会から講演会まであらゆるシーンに対応できる中ホール、そして小ホールともいえるフラットスペースのリハーサル室などを備え、舞台芸術の鑑賞や発表の場として、また市民の皆様が自由に集い、語らい、新たな創造の場としてその機能が発揮できるよう考慮されています。

君津市の誇りある歴史と文化をさらに育み、多くの方々の心と心を結び市民福祉の向上と格調高い文化都市づくりの拠点として、その使命を果たすものであります。

君津市民文化ホール公式ホームページより

黒猫食堂の冷めないレシピ

パンフレットの表紙に、そう書かれている。気取った飾り文字フォントでそう書かれている。

千葉県君津市にある小さな会場で、ゴールデンウィーク中に行われた演劇のタイトルだ。黒猫食堂という名前の店が海の近くにあって、食事をすると死者が現れる。そんな内容の話だった。

ちびねこ亭をモチーフにしたのだろう。いろいろなところが似ている。だが違いもあった。例えば茶ぶち柄の子猫ちびが、すらりとしたメスの黒猫になっている。黒猫は野良猫で、客を出迎え、ときには迷っている人間を連れてくる。死者を案内してくる役割も担っていた。

また黒猫食堂では、何人もの死者と会うことができる。尊重されるのは死者の意思だ。食事をした人間に会いたがっている死者が、次々と店を訪れる。その全員と会うまで料理は冷めず、不思議な時間がいつまでも続く。チャールズ・ディケンズの小説『クリスマス・キャロル』や、それをアレンジした映画『3人のゴースト』の雰囲気も付け加えられていた。

『黒猫食堂の冷めないレシピ』は、ある小劇団のオリジナル作品だった。二木琴子の所属している小劇団だ。主宰者の熊谷《くまがい》は元・テレビの人気俳優で、まだ三十歳そこそこだった。『黒猫食堂の冷めないレシピ』を書いたのはその熊谷で、今まで台本を書くだけで舞台には上がらなかったが、今回は主演も務めた。スポットライトの当たる舞台に戻ったのだった。

「みんなの足を引っ張らないように、がんばらないとな」

そう言いながら、本番では抜群の演技を見せた。立ち姿にも華があった。熊のように生やしていた髭《ひげ》を剃ると、正統派の二枚目の顔が出てきた。

客入りこそ、いつもと変わらず少なかったけれど、SNSでは話題になった。熊谷のことをおぼえている人間が多かったためだ。テレビに出ていたころから十年も経つのに、いまだに根強いファンが残っていた。

——前より二枚目になってる。かっこよすぎない？

——ヤバい。うれしすぎて泣きそう。

――熊谷さんを干したテレビ局は、本当にバカだな。

――出るって知ってれば見に行ったのに！

そんなツイッターの呟きがネットニュースでも取り上げられて、一躍、時の人になっていた。舞台に立った熊谷は、それほどまでに存在感があった。ＳＮＳでは、テレビに出ていたころの画像や動画までアップされている。宣伝用に作ったばかりの劇団のYouTubeチャンネルの登録者が、一瞬で一万人を超えた。今も伸び続けている。

話題になっても熊谷は変わらなかった。浮き足立つこともなく、いつもの淡々とした口調で劇団員たちに言った。

「次は、君津市民文化ホールを目指すぞ」

大ホールだと、千二百人も収容できる。設備も整っていて、芸能人がコンサートに使うことも珍しくない会場だ。小劇団には大きすぎる。

けれど、熊谷は大口を叩くタイプではない。あの大きな会場でやれる自信があるのだ。

琴子にも声をかけてくれた。

「いい演技だった」

琴子も、今回の舞台――『黒猫食堂の冷めないレシピ』に出ていた。ヒロインではないが、食堂の店員という重要な役をもらった。台詞も多く、舞台に出ている時間も長かった。

「そうでしょうか……」

首を傾げてしまった。自分の演技に自信がなかったからだ。ちびねこ亭で実際にアルバイトをしている琴子だが、台本の店員を演じるのは難しかった。本来の琴子と正反対のキャラクターだったということもある。

琴子はおとなしい性格で、争いごとは嫌いだ。昔から、いるかいないか分からないと言われていた。洋服の好みも保守的で、「昭和のお嬢様」というニックネームを持っているほどだ。

それに対して、台本の店員は観客の反感を買うほど気が強く、煮え切らない役柄の熊谷を罵り、びんたするシーンまであった。しかも、ふりではなく本気で叩けと言われた。だから全力でびんたした。すると客席がどよめいた。

――あの女、おっかねえ。

――怖すぎでしょう。

――飯食いに行って、あんな店員がいたら泣いちゃうよ。

――熊谷さん、演技じゃなく涙目になってなかった？

SNSでもそんなふうに書かれていた。それ以外のところは、まるで話題になってなかった。ただの怖い女として見られてしまったようだ。

でも、褒めてくれた人もいた。ＳＮＳではなく、直接言ってくれた。

「すごかったです。みんな、琴子さんを見てました」

櫂だ。ちびねこ亭をモチーフにした演劇ということもあって、熊谷が招待した。そして舞台が終わった後、楽屋に顔を見せてくれた。

「ありがとうございます」

恥ずかしかったけれど、微妙に褒め言葉じゃないような気がしたけれど、素直にお礼を言った。彼に見てもらえたというだけで、満たされた気持ちになっていた。わざわざ来てくれたのも嬉しい。

琴子の両親――特に父親は見たがっていたが、仕事の都合で来ることができなかった。また、ちびも来なかった。さすがに、猫を連れてくることはできない。ちびねこ亭で留守番をしている。

「また脱走していなければいいのですが」

櫂がため息混じりに言った。ちびには脱走癖がある。飼い猫を家の外に出すのは危ないので、ネット通販でケージを買ったのだが、三日も持たずに壊れてしまった。なぜ壊れたのかは不明らしい。その後、新しいケージを注文したところ、メーカーの事情で発送が大幅に遅れていると教えてくれた。

「困りましたね」

「ええ。困ったものです」

二人は、いつの間にか子猫の話をしていた。『黒猫食堂の冷めないレシピ』の稽古《けいこ》に追われて、しばらくアルバイトを休んでいたから、ちびに会っていない。無性に会いたかった。早く顔を見たかった。

来週は、ちびねこ亭のアルバイトが入っている。今のところ、思い出ごはんの予約は入っていないが、ちびに会える。変わらない日常が、目の前にあった。

◯

琴子の知らないところで、もう一つの物語が動いていた。『黒猫食堂の冷めないレシピ』の台本を書き、その主演を務めた熊谷に関係する物語だ。

久しぶりに立った舞台だが、不思議なくらい緊張しなかった。故郷に帰ってきたような安心感さえあった。ずっと役者に戻りたかったのかもしれない。舞台の真ん中に立ちたかったのかもしれない。

だからと言って——舞台に復帰できたからと言って、気を緩めることはできない。今の熊谷は、劇団の主宰者でもあるのだから。

「もう少し客が入らないと厳しいな」

舞台が始まる前、客席の入り状況を見て呟いた。熊谷の周囲には、誰もいない。劇団員がいないと、つい本音が出る。

小さな劇団は運営に苦労しているところが多いというが、熊谷の主宰する劇団も資金繰りに苦労していた。役者だけでは生活できず、劇団員たちはアルバイトに明け暮れている。劇団を辞めて就職してしまう者も少なくない。舞台が好きでも、それだけでは食っていけない世界だ。

役者に戻りたかったのは確かだけれど、貧乏劇団の主宰者としては、別の思惑もあった。願望と言ってもいい。

――テレビに出ていた自分が復帰すれば話題になって、少しはチケットが売れるかもしれない。

残念ながら、そうはならなかった。チケットの売り上げは増えなかった。もっと宣伝すべきだったのかもしれない。テレビに出ていたことをアピールすべきだったのかもしれない。劇団のYouTubeやInstagramのアカウントを作ったものの、ネットに顔を出すことに抵抗感があった。ずっと裏方を務めていたこともあり、ほとんどYouTubeの動画にも出ていない。

だが、そんなことは言っていられない。利用できるものは何でも利用しなければ、生き残っていけない。自分の好き嫌いよりも、劇団員たちの生活のほうが大切だ。ギャラの問題だけではない。注目を集めることで、役者として道が開ける者が出てくる可能性もあるのだから。

「もっと宣伝しないとな」

まずはYouTubeに力を入れようと思ったときだ。舞台の袖から、知っている顔を見つけた。三つ揃いのダークスーツを着た六十歳前後の男が、最後列の席に座っていたのだ。

最初は、見間違いかと思った。あの男が、こんな小さな劇団の舞台を見に来るわけがない。だが、どう見ても本人だ。熊谷にとって一生忘れられない顔だった。ずっと恨んでいた男の顔だ。殺してやりたいと思ったこともある。誰にも届かない声で、あの男の名前を呼んだ。

「出水《いでみず》亨《とおる》」

かつて熊谷が所属していた芸能事務所の社長だ。熊谷と彼の妻だった女性を業界から追放した張本人でもあった。

自分の過ちを認められるようになるまで、長い年月が必要だった。その間に息子との別れがあり、妻とも離婚した。

――どんな理由があろうと暴力はいけない。

――暴力を振るうような人間は信用されない。

そんな当たり前のことが分からなかった。殴られるような真似をしたほうが悪いと思っていた。自分が悪いんじゃないと繰り返していた。

熊谷が暴力を振るった相手は出水ではない。もっと下の地位の人間だ。現場の責任者を突き飛ばした。だが熊谷をクビにしたのは、社長の出水だった。

「正しかろうと手を出したら終わりだ。暴力を正当化できる理屈はない」

そう言われたことをおぼえている。そのときは、納得できなかった。その男は、熊谷の妻だった女性を侮辱した。夫として怒るのは当然だと言い返した。すると静かな口調で問われた。

「彼女はそれを望んだのか？　おまえに殴って欲しいと頼んだのか？」

返事ができなかった。暴力を望むような女性ではなかったからだ。熊谷が事務所の社員を突き飛ばしたとき、悲しそうな顔をしていた。

彼女も、この事務所に所属する俳優だった。出水にスカウトされて入った。出水は、その女性の性格をよく知っていた。そして、熊谷の性格も知っていた。熊谷の弱さを知っていた。

「望んでいないのなら、おまえの自己満足にすぎない。おまえは、ただ暴力を振るいたかっただけだ」

突き放すように言われた。熊谷はやっぱり言い返すことはできない。出水の言う通りだったからだ。しかも出水は、熊谷の妻を侮辱した社員の処分も決めていた。

「他人に敬意を払えない人間に任せる仕事はない」

それは、熊谷への言葉でもあったのかもしれない。このころの熊谷は、自分のことしか考えていなかった。

こうして、芸能事務所を解雇された。妻だった女性ともども、業界から追放されたのだった。

舞台が終わった後、熊谷はその男の座っている席まで行って、きちんと声をかけた。

「出水社長、ご無沙汰しております。その節はお世話になりました」

見に来てくれた関係者に挨拶するのは、劇団の主宰者の仕事だ。熊谷が客席に行っても、劇団員たちは不思議に思わなかっただろう。

客入りが少なかったこともあって、周囲に人はいなかった。出水は供を連れずに来たようだ。突然声をかけたのに、出水は驚かなかった。ただ、面倒くさそうに言葉を返してきた。

「もう社長じゃない。去年、会長に退いた。それから、おまえを干したおぼえはあるが、世話したおぼえはない」

辛辣《しんらつ》な言葉とは裏腹に、声に張りがなかった。熊谷の知る出水は、こんな呟くようなしゃべり方をする男ではなかった。ずいぶんと痩せていた。去年だか一昨年だかに、ネットニュースで見た写真よりも痩せている。それも引き締まったのではなく、全身の筋肉が落ちたという感じだ。老化という言葉が、ぴったりくる痩せ方だった。

かつての出水は体格もよく、精力に満ちあふれていた。それが今では、すっかり老人だ。六十歳には見えない。七十歳、もっと上の年齢にも見える。

「会長もやめるつもりだ」

出水は続けた。いつか見たネットニュースでも「隠居する」という発言が載っていたが、話半分に聞いていた。今の世の中、六十歳はまだ若い。いや一昔前だって、社長を退く年齢ではないだろう。役員としては現役世代だ。それなのに老いさらばえている。会長になって実権を握っているという雰囲気でもなかった。

「どこかお悪いんですか？」

「残念ながら健康だ」

皮肉な口調だったけれど、嘘をついている様子はない。そして、それ以上の質問を拒むように、終わったばかりの舞台の話を始めた。

「つまらなかったら帰るつもりで来たんだが、結局、最後まで見ちまった。いい演技だった。昔より上手くなってる」

「そいつはどうも」

素っ気なく返しはしたが、出水に褒められたのは嬉しかった。演技については目利きで、それこそ嘘のつけない男だった。社交辞令が苦手で、心にもないことを言うタイプではなかった。そもそも今の熊谷にお世辞を言う必要はない。

「演技もよかったが、台本がいい。テレビ局に高く売れる内容だ」

出水が淡々と続けた。枯れ果ててしまったように見えても、やっぱり業界人だ。舞台が終わった後も残っていたのは、『黒猫食堂の冷めないレシピ』に興味を惹《ひ》かれたからだろう。

台本を売るつもりはなかったが、出水がどれくらいの値段を付けるかには興味があった。熊谷は続きを待った。買い取りの話が始まるのを待っていた。

しかし、出水は交渉を始めなかった。その代わり、意外な言葉を口にした。

「元ネタは、ちびねこ亭だな」

質問ではなく、決めつけるような口調だった。熊谷は、一瞬返事に詰まった。そこまで知られているとは思わなかった。

「どうして、その名前を知っているんです？」

返事をせず質問で応じた。聞き返しながら思い浮かんだのは、別れた妻の顔だ。彼女も、ちびねこ亭を知っている。一緒に訪れたことがあった。だが、これも違った。出水の口から彼女の名前は出てこなかった。

「たまたまだ」

「聞かせてもらえませんか？」

「長いぞ」

「でしょうね」

そう答えると、長い昔話が始まった。熊谷を干した芸能事務所の会長が、ちびねこ亭を知るまでの物語だ。ぽつりぽつりと落ちる雨だれのように、彼は話し始めた。

熊谷という若者が、事務所に入ってくるずっと前――二十年も昔のことだ。出水は四十になったばかりで、現場で走り回っていた。もちろん社長ではなかった。敏腕マネージャーと呼ばれ、業界で一目置かれていた。強引なところはあったが、仕事にはストイックだったと思う。

いや、嘘だ。ストイックだったとは言えない。同じ事務所に所属している女優と恋人関係にあったのだから。

○

花村麻衣子《はなむらまいこ》。

デビューしたばかりの二十歳で、まだテレビにも出ていない女優だった。出水が担当し、気づいたときには好きになっていた。二十歳近い年の差があったのに、好きになる気持ちを抑えられなかった。麻衣子も、出水を好きになってくれた。好きだと言ってくれた。

二人とも独身だったし、彼女の他に恋人がいたわけではないけれど、マネージャーとしては失格だ。事務所にバレたらクビになるだろう。これから売り出そうという若手女優と関係を持ったのだから。しかも、麻衣子は妊娠していた。出水の子どもを宿していた。隠すことができなくなるのは時間の問題だった。この手のスキャンダルは、週刊誌やタブロイド紙の格好の餌食《えじき》になる。

しかし、困りはしなかった。困るはずがない。妊娠を知らされたとき、出水は彼女のお腹に手を当てて喜んだ。新しい生命が宿ったことを尊く思い、二人のことを大切にしようと誓った。麻衣子に言うべき言葉は決まっていた。

「結婚しよう」

出水は言った。恋人同士になった瞬間から、プロポーズするつもりでいた。彼女と結婚したいと思っていた。自分は、彼女よりずっと年上だ。きっと先に死ぬ。そのために苦労をかけるかもしれないし、社員とタレントの恋愛は御法度《ごはっと》だ。事務所もクビになるだろう。

それでも、家族になりたかった。麻衣子の夫になりたかった。生まれてくる子どもの父親になりたかった。

「おれと夫婦になってくれ」

言葉を換えて結婚を申し込んだ。気持ちを込めてプロポーズした。何秒かの沈黙の後、彼女は微笑み、頷いた。はっきりと頷き、返事をしてくれた。

「こんな私でよかったら、幸せにしてください」

嬉しかった。今までの人生で聞いた中で、いちばん嬉しい言葉だった。こんな嬉しい言葉を聞いたことはなかった。

「もちろんだ。君も、生まれてくる赤ん坊も、幸せにする。必ず幸せにする。絶対に幸せにする」

出水は約束した。けれど、その誓いを守ることはできなかった。幸せには、できなかった。幸せにはなれなかった。


三日後、一通の手紙が事務所に届いた。麻衣子からの手紙だった。退所する、と素っ気ない文字で書いてあった。名前の他には、それしか書いてなかった。

出水は慌てて電話をかけたが、すでに解約されていた。そのまま事務所を飛び出し、彼女が暮らしていたアパートに駆けつけた。誰もいなかった。荷物も消えていた。何の痕跡も残っていなかった。

所属するタレントが消えてしまうのは、珍しいことではなかった。特に、麻衣子のようにデビューしたてで、ろくに仕事の入っていない女優は、呆気ないくらい簡単に事務所を辞めていく。だから事務所側も慣れていた。出水が報告に行くと、手紙が来ただけ、ましだと社長は言った。それから心配するでもなく、唇の端に笑みさえ浮かべて言ったのだった。

「いなくなって、よかったな」

「どういう意味ですか？」

出水は聞き返した。声が震えていた。嫌な予感がしていた。この事務所に所属する誰もが、社長の下劣さを知っていた。

その予感は的中する。ろくでなしの社長は、質問に質問で返してきた。

「あの女とデキてたんだろ？」

息が止まりそうになった。麻衣子との関係を知られていたのだ。出水の返事を待たずに、社長は続けた。

「おれが話をつけてやった。『スキャンダルになる前に消えろ』とな。このことが世間にバレたら、事務所は大損だと教えてやったんだ」

恩着せがましい口調だった。いいことをした、と本気で信じているのだ。出水に感謝されると思っているのかもしれない。

「あの女には、華がなかった。売れるとは思えん。金にならないタレントを飼っておくのは無駄だからな」

この事務所の創業者の息子だが、典型的なぼんくらの二代目で、遊ぶことしか考えていない。他人には厳しく自分に甘い。先代のときから事務所を支えている古株の社員たちをクビにし、自分の取り巻きを重役に据えた。この男が社長になってから事務所は傾き始めている。有能な社員たちが退社していっている。

いつもなら、こんな男の言うことは気にしないのだが、このときばかりは冷静でいられなかった。

こんな私でよかったら、幸せにしてください。

そう言ったのに、結婚すると約束したのに、いなくなってしまった。妊娠しているのに、お腹に赤ん坊がいるのに、どこかに行ってしまった。

「放っておけ。金にならん女のことなど忘れろ」

社長が面倒くさそうに続けた。経営のことも、マネージメントのことも、タレントのことも、他人の気持ちも何一つ分かっていないくせに、出水に命令した。その瞬間、ぷつんと何かが切れた。

「冗談じゃないっ!!　ふざけたことを言うなっ!!」

出水は怒鳴り声を上げた。そして気づいたときには、拳を固く握り締めていた。ぼんくら社長を殴ってやりたかったが、そんなことをしても麻衣子は喜ばない。しかし怒りを抑えることはできなかった。

「あんたの下では働けないっ！　辞めさせてもらうっ!!」

叩きつけるように言った。返事を聞かず、拳を固く握り締めたまま事務所を飛び出した。本気だった。本気で辞めるつもりだった。麻衣子を追いかけるつもりだった。当てはなかったけれど、見つけるつもりでいた。彼女を見つけて、生まれてくる我が子を交えた三人で暮らすつもりだった。

二人のことを幸せにしたかった。自分も幸せになりたかった。麻衣子を見つけて連れ帰れば、幸せになれると分かっていた。

だが、事務所から百メートルと離れることができなかった。

「出水さん!!」

名前を呼ばれた。東京の町に響き渡るような大声だった。あの社長にはない、情熱的な声だ。

引っ張られるように足を止めて振り返ると、事務所の若い社員たちの顔があった。社長室での会話は聞こえなかったにしても、出水の怒鳴り声は事務所中に届いたようだ。出水を追いかけて、事務所を飛び出してきたのだ。

「辞めないでください！」

呼び止めた声が言った。楠本《くすもと》――前年入社してきたばかりの男だ。大学を中退して、親の介護をしながら働いている。仕事熱心で、見どころのある若者だった。

「出水さんがいなくなったら、この事務所は終わりです」

お世辞でも言いすぎでもなかった。この業界の誰もが、知っていることだった。解雇された古株の社員たちが大手事務所に移り、所属タレントを引き抜きにかかっていた。ぼんくら社長に求心力はなく、引き抜きに対抗する策もない。名のある俳優が何人も事務所を移っていた。ベテラン格で残っているのは、出水を慕《した》うタレントばかりで、彼らの活躍でどうにか事務所を保っているようなものだった。

「みんなで他の事務所に移ればいい」

出水が言うと、楠本は悲しそうな顔になった。出水に失望したのかもしれない。それでも、話すことをやめなかった。

「全員が引き抜かれるなら、自分だって何も言いません。喜んで、みんなで事務所を移ります。でも他の事務所に行けるのは、実績のあるタレントだけです。社員だってそうです」

百も承知している。分かり切った話だ。事務所経営は、慈善事業ではない。若手を育てるという側面があるとしても、全員は引き取らないだろう。ましてや、出水の所属している事務所の評判は悪い。

楠本と一緒に自分を追いかけてきた若い社員たちの顔を見た。楠本のように親の介護をしている者もいれば、赤ん坊が生まれたばかりの者もいる。タレントにしても、そうだ。それぞれが事情を抱えている。職を失って困る者はたくさんいる。

また、出水が担当しているタレントは、麻衣子だけではなかった。スカウトしてきたばかりの十代の少女もいる。その少女は、両親が離婚し、両親それぞれが新たな相手と再婚して居場所を失っていた。アルバイトをしながらデビューを目指してレッスンを受けている。ここで事務所が潰れたら、また居場所を失うことになる。夢も失ってしまう。

――そういうことか。

今ごろになって、麻衣子が姿を消した理由が分かった。出水がクビになったら、多くの人間が困る。何人ものタレントや社員が路頭に迷うことになる。特に、その十代の少女は麻衣子を姉のように慕っていた。

「……分かった」

出水は、ようやく答えた。こう言うしかなかった。無理やり笑顔を作って、楠本たちに続けた。

「まずは社長に謝らなければならんな。許してもらえるか分からないが、事務所に帰るとするか」

若い社員たちが、ほっとした顔になった。社長は憮然《ぶぜん》とした顔をしていたものの、事務所が出水で保っていることを理解していた。出水が謝った後は、怒鳴ったことなどなかったように振る舞った。

時の流れは早く、命ある者の一生は儚《はかな》い。砂時計の砂が落ちていくように、この世にいられる時間は減っていく。これから訪れるであろう未来は減り、過去が増えていく。思い出と後悔ばかりが増えていく。

時間が流れれば、世の中は変わる。成長する者も現れる。居場所のなかった十代の少女は、国民的大女優と呼ばれるようになり、ハリウッドから映画出演のオファーが届くほどになった。

ぼんくら社長は引退し、出水が社長になった。事務所は大きくなり、国民的大女優となった少女の他にも、何人ものスターを抱えている。潰れる心配はなくなり、タレントを引き抜かれることもなくなった。

だが、それも過去の出来事だ。出水はもう社長ではなかった。去年、会長職に退いた。なるべく早い時期に、会長職からも退くつもりでいる。人生を懸けていたはずの芸能の仕事に興味を持てなくなっていた。役者を育てる情熱がなくなっていた。

手に入れたものより、失ってしまったもののほうが重い。歳を取って、その重さに耐えられなくなった。毎日のように失ったものを考える。選ばなかったもう一つの人生を思う。

——麻衣子に会いたい。

何度も思った。あのときの赤ん坊を産んだのなら、その子どもにも会いたい。家族三人で暮らしたい。彼女にプロポーズをしたときに見た夢の続きを、この先の人生で見たかった。

それにもかかわらず、六十歳になるまで彼女をさがさなかったのは、スキャンダルになることを恐れたからだ。出水が心配したのは、事務所のイメージが落ちることだった。芸能人は好感度を金に換える職業だ。好感度が落ちれば、タレントとしての価値が下がる。評判の悪い事務所に所属しているだけで、あれこれ噂を立てられることも珍しくない。その結果、仕事が減ることもないとは言えない。

もちろん、それだけではない。彼女をさがさなかった一番の理由は、麻衣子は嫌がると思ったからだ。出水のことを忘れて、他の男と結婚して幸せになっている可能性だってある。

「今さら会いたいだなんて迷惑な話だ」

虫がよすぎるとも思った。けれど、これ以上は耐えられなかった。人生の終わりが見えてきたせいかもしれない。麻衣子に会いたい気持ちに抵抗できなくなっていた。だから、就任したばかりの会長職からも退くことを決めた。事務所と関係がなくなれば、少しはバッシングが減ると思ったのだ。ただ、ゼロにはならない。スキャンダルは、どう飛び火するか予想できない。

事前に説明しておく必要があった。事務所の責任者に話しておく必要があった。覚悟を決めて社長室に行き、出水の跡を継いだ新社長に打ち明けた。洗いざらい話した。

「二十年前、所属していたタレントを妊娠させた。おぼえているか分からないが、花村麻衣子という女性だ」

出水より二十歳も年下の若い社長は、口を挟むことなく最後まで聞いてくれた。その若い社長の名前は、楠本――二十年前に出水を追いかけてきた若者だった。彼が社長になっていた。

たかだか四十歳の若造が社長になることに、誰からも異論は出なかった。口うるさい古株の役員たちでさえ、当たり前のように同意した。文句を言う者は、一人もいなかった。

それほどの男だった。楠本の実力は折り紙付きで、出水以上の手腕を発揮していた。社長に就任したばかりだというのに、業界で一目も二目も置かれている。それほどの男が、出水の話を聞いて土下座した。

「す……すみませんでした……」

謝る声に嗚咽が混じっていた。楠本は泣いていた。涙をぼろぼろとこぼしながら、額を床に擦りつけている。

「あ……あのとき、おれが止めたせいで……」

途切れ途切れに言った。二十年前のことをおぼえていたのだ。忘れることができなかったのは、出水だけではなかった。

「土下座なんかするな。おまえが謝る必要はない」

「いえ、謝らせてください。あのとき出水さんが辞めていたら、間違いなく事務所は潰れていた。おれは路頭に迷いたくなくて、あなたを止めたんです。身勝手な真似をしました」

若いころから目端《めはし》の利いた楠本だけに、自分と麻衣子の関係に気づいていたのかもしれない。そして、ずっと気にしていたのだ。出水を止めたことを、きっと、ずっと悔いていたのだ。

「土下座なんかしている場合じゃない」

楠本は独り言のように呟き、立ち上がったかと思うやいなや、出水に何も言うことなく電話をかけ始めた。

芸能事務所の社長は忙しい。急ぎの案件があるのだろうと思ったが、仕事の連絡をしているのではなかった。短く挨拶を交わした後に、こんな台詞を口にした。

「二十年前、うちの事務所に在籍していた花村麻衣子という女性をさがしてくれ。費用はいくらかかってもいい。こっそりさがす必要はない。手段は選ばなくていい。とにかく見つけてくれ」

興信所に電話しているのだと分かった。興信所を使うのは、芸能事務所では珍しいことではない。大手の興信所と契約をしていた。

「おい……」

電話を終えた後輩に話しかけたが、続きの言葉が出てこなかった。楠本は涙を拭《ぬぐ》い、きっぱりと言った。

「料金なら自分が持ちます。会社の金は使いません」

「そうじゃなくて」

出水は首を横に振り、今まで恐れていたことを口にした。

「表に出たらスキャンダルになるだろ？　こんな真似をして大丈夫なのか？」

「大切な人をさがして、一緒に幸せになろうとしているんです。幸せになることがスキャンダルなら、おれはスキャンダルを歓迎します」

口調に迷いがなかった。声も力強い。本気でそう思っているのだと分かった。臆病な出水と違い、楠本の言葉には信念が感じられた。

「二十年前のおれは、会社のために出水さんの幸せを邪魔しました。もう、そんな時代じゃない。もう、仕事のために犠牲になる時代じゃない。そう信じています。そう信じて社長になりました」

だから、と楠本は続ける。ふたたび涙声になって、新入社員が謝罪するように頭を下げる。頼み事をするように言う。祈るように言う。

「どうか幸せになってください。今度こそ幸せになってください」

返事はできなかった。出水もまた泣いていたからだ。ぽたぽたと涙をこぼして泣いていた。

ありがとう、と言えるようになるまで長い時間がかかった。それでも、ありがとうと言うことができた。

呆気ないほど簡単に、麻衣子は見つかった。興信所が見つけてくれた。依頼した三日後には、楠本からメールが届いた。

「こんなに早く見つかるのか」

誰もいない会長室で呟き、小さく息を吐いた。また一つ後悔が深くなった。スキャンダルを恐れずにさがしていれば、たった三日で見つかったのだ。自分の愚かさ、そして臆病さを突きつけられた気がした。社長としても人間としても、楠本に負けている。

『報告書を読み終えましたら、メールでも電話でも結構ですので、お知らせください』

そんな一文が添えてあった。出水は報告書を開いた。麻衣子の人生がまとめられていた。何度も何度も、それを読んだ。目に焼き付けるように夢中で読んだ。ショックを受けながら、すべての文章を読んだ。

麻衣子は、内房にある小さな旅館で働いていた。同じ名字の遠い親戚を頼ったようだ。そこは千葉県君津市を流れる小糸川沿いにあって、昭和情緒を感じさせる美しい旅館だった。

君津市は、昔、世話になった人が住んでいたところで、何度か訪れたことがある。東京からそれほど遠くない町だ。麻衣子はそこで子どもを産んでいた。女の子だった。年齢から考えても、あのときの赤ん坊に間違いない。出水の娘に違いない。

「……紗良《さら》」

報告書に書かれていた娘の名前を呟いた。我が子の名前を初めて口にした。涙が頬を伝い落ちた。床に落ちた水滴は、桜の花びらの形に似た水玉になった。

娘は大学生だった。保育士を目指しながら、母の働く旅館でアルバイトをしていたという。麻衣子は再婚していなかった。娘と二人で暮らしていた。親子ともども働き者で、旅館を訪れる客たちに人気もあったと書かれていた。従業員にも可愛がられ、賑やかに暮らしていたとあった。

「よかったな……」

そう呟き、楠本にメールを送った。報告書を読み終えたことを伝えた。電話でもよかったが、業務の邪魔をしたくなかった。

返信はすぐに届いた。『申し訳ありません』と書いてあり、新たな報告書が添付されていた。出水はファイルを開いた。そこには、見たくない情報が書かれていた。

およそ一年前、去年のゴールデンウィークのことだ。団体客を迎えにいく途中で、旅館のバスが事故に巻き込まれた。二人はそのバスに乗っていた。そして死んでしまった。会うことのできない場所に行ってしまった。

予想していなかったと言えば嘘になる。報告書に続きがあると知った時点で、心のどこかで覚悟していた。けれど、ショックだった。楠本がこの報告を後回しにしたのは、少しでもショックを和らげるためだろう。楠本らしい気遣いだが、あまり効果はなかった。出水は生きる気力を失った。同時に死ぬ気力もなくなった。抜け殻のようになってしまった。

そんな出水に追い打ちをかけるかのように、友人が入院しているという知らせが届いた。大切な友人だった。だが、その友人もまた、この世から去ろうとしていた。

○

「もうずいぶん昔のことだが、この町に撮影に来たことがあってな。そのときに世話になった人だ」

愛する女性を二人も失った男は、熊谷に語った。出水は日本各地どころか世界中を飛び回っている。この町にやって来ていても何の不思議もなかった。

ただ、気になった。出水が君津市で誰の世話になったのか気になった。思い当たる名前があった。

「もしかして福地七美《なな み》さんですか？　世話になった人というのは、七美さんのことじゃないんですか？」

熊谷は聞いた。櫂の母親の名前を口にした。ちびねこ亭は、彼女の始めた店だった。七美は面倒見のいい性格で、熊谷も琴子の兄も世話になった。その七美は重い病気にかかり、去年の十一月に死んでいる。それから半年くらいしか経っていないのに、遠い昔の出来事のように思える。長い歳月が流れてしまったように思える。

「福地七美さん？　いや違う。おれが世話になったのは、倉田《くらた》さん夫婦だ。倉田芳雄《よしお》さんと世津《せつ》さん。落花生《らっかせい》を作っていた人だよ」

出水が首を横に振って答えた。熊谷の知らない名前だった。出水は続ける。

「撮影が終わった後も、何度か連絡を取り合っていた」

見かけの割りに律儀《りちぎ》で、人の縁を大切にする男でもあった。幸せも不幸も人間が運んでくる、と口癖のように言っていた。

倉田夫婦はそんな出水を気に入ったらしく、落花生や自宅で漬けた梅干しを送ってきたという。

「そんなことをしているうちに、世津さんが病気になってしまってな。見舞いに行く暇もなく、亡くなってしまった」

悲しそうな声だった。もしかすると、自分の母親のように思っていたのかもしれない。熊谷が七美を慕っていたように。

世津が死んだ後、残された芳雄も病気になってしまった。妻と同じ癌だった。病院で検査したときには全身に転移していて、手遅れの状態だったようだ。そんなところまで七美に似ている。

「緩和病棟に入っていた」

出水が肩を落とした。過去形だった。聞かなくても分かった。芳雄も死んでしまったのだ。愛する妻の待つ、あの世に行ってしまった。

「入院したと聞いて、見舞いに行ったんだ。去年の十二月のことだ」

麻衣子と紗良の暮らしていた町を訪れたいという気持ちもあっただろうが、彼は口にしなかった。

『黒猫食堂の冷めないレシピ』の公演が終わり、すっかり人のいなくなった客席の片隅で、出水は話を続けた。

○

十二月にしては、暖かい日だった。その日、出水は緩和病棟の一室を訪れた。治療ではなく、病気の苦痛を和《やわ》らげるために入る病棟だ。

倉田芳雄、と名前の書かれたプレートが掛かっていた。個室だった。出水はノックし、その部屋に入った。芳雄は起きていて、見舞いに来た自分を歓迎してくれた。

親しくしていたと言っても、しゃべるのは世津ばかりだった。男二人でいると、黙っている時間が長くなる。このときもそうだった。挨拶を済ませると、話すことがなくなった。病室の窓からは、東京湾が見えた。年寄り夫婦が、誰もいない砂浜を散歩している。出水はろくに話もせず、その景色を眺めていた。ただ見ていた。すると、添うことのできなかった恋人と娘のことを思い出した。また、涙があふれそうになった。

最近、泣いてばかりいる。どうしようもなく悲しかった。抜け殻になった身体の中に、悲しみだけが残っていた。だが見舞いに来て、泣くわけにはいかない。

涙を無理やりに呑み込んだとき、芳雄が口を開いた。砂浜を散歩する老夫婦を見ながら独り言のように、しかし、はっきりと出水に向かって言った。

　ちびねこ亭に行くといい。
　あんたにも、思い出ごはんが必要だ。

　なぜ、そんなことを言い出したのか分からない。出水の悲しみに気づいたのだろうか。歳を取ると、他人の悲しみに敏感になる。他人の悲しみを、自分のことのように感じるようになる。

窓の外を見たまま、芳雄は続けた。独り言を呟くように、言葉を継いだ。

死んでしまった人間と会える店なんだ。

そこに行けば、大切な人と話すことができる。


仕事柄、不思議な話や怪談はよく聞く。死者と会える話は定番だ。数え切れないほど聞かされた。奇跡が起こるとされている場所に連れていかれたこともある。けれど、そんな場所は存在していなかった。これまで死者と会えたことはない。この世界は、嘘や欺瞞《ぎまん》にあふれている。誰もが他人を騙そうとしている。

だが、今回だけは信じた。芳雄の言葉を嘘だと思わなかった。嘘だと思えなかった。いや、そうではない。嘘だと思いたくなかったのだ。出水には、思い出ごはんが必要だった。奇跡が起こると信じたかった。

会いたい人が、いる。

二人、いる。

「倉田さん――」

老人の名前を呼び、詳しい話を聞こうとしたが、彼は目を閉じていた。眠ってしまったようだ。重い病気を患っているとは思えないくらい――余命わずかだと思えないくらい、安らかな顔をしていた。

窓の外に目をやると、いつの間にか年寄り夫婦がいなくなっていた。帰ったのだろうが、初めから誰もいなかったかのように、砂浜には足跡さえ残っていなかった。

結局、その日は声をかけずに帰った。また見舞いに来るつもりでいた。そのときに、ちびねこ亭のことを聞くつもりだった。

しかし、その日は訪れなかった。永遠に訪れない。

○

「見舞いに行った翌朝早く、芳雄さんは息を引き取った」

淡々と話しているつもりのようだが、出水の声は辛そうだった。親《ちか》しい者が死んでいくのは、誰にとっても辛いことだ。人生には、たくさんの別れが訪れる。悲しくて辛いことばかりが起こる。

「墓参りにも行ってきた。寂れた墓地だったが、立派な桜の木があってな。春には、薄紅色の花を咲かせる。綺麗な花だ。麻衣子と紗良も、その墓地にある花村家の墓に入れてもらっている。みんな、桜のそばで眠っているよ」

その桜がいつからあるのかは分からないが、たくさんの人間の生と死を見てきたはずだ。寿命が長ければ、何代もの人間の移ろいを見ている。

熊谷は返事ができない。会場では、劇団員たちが舞台の撤収作業を始めていた。いつもなら率先して片付けをするところだが、今日は勘弁してもらおう。出水の話を聞きたかった。話に惹きつけられていた。

「結局、ちびねこ亭のことは聞けず終《じま》いだった。それも運命だと諦めていたとき、おまえの舞台――『黒猫食堂の冷めないレシピ』の話を聞いた」

楠本が舞台のパンフレットを持ってきたという。どこで手に入れたのかは分からないけれど、楠本は熊谷のことを知っている。ほんの一時期だが、マネージャーをしてもらっていたことがあった。

「あらすじを見て驚いた。芳雄さんから聞いた話に似ていたからだ。それも、君津市で公演すると書いてあった。偶然とは思えなかった」

この世のすべては、つながっているのかもしれない。些細《ささい》な縁が、人と人を結び付ける。思いも寄らない場所に連れていく。

出水が熊谷の顔をまっすぐに見て、真剣な声で問いかけてきた。

「どうすればいい？　どうすれば、ちびねこ亭に行ける？」

○

何が起ころうと、時計の針は止まらない。秒針は進んでいく。残された時間が減っていく。出水にとっても例外ではなかった。高齢化が進もうと、人が死ななくなったわけではない。

六十歳をすぎた自分に、どれくらいの時間が残されているかは分からない。その時間の中に、愛する者はいない。独りぼっちで生きていかなければならない。そう思うと、震えるほど怖かった。悲しかった。辛い気持ちになった。

あんたにも、思い出ごはんが必要だ。

老人は、出水にそう教えてくれた。芳雄もまた、大切な人と会うことができたのかもしれない。病床で見た顔は穏やかで、思い残すことのない顔をしていた。

ちびねこ亭の場所は分かった。ちゃんと存在していた。予想した通り、熊谷の知り合いだった。熊谷に教わった電話番号にかけると、若い男が出て丁寧に応対してくれた。思い出ごはんの予約を取ることができた。

明日の朝、ちびねこ亭に行く。大切な人に——愛する二人に会いにいく。会ってくれるかは分からないけれど、とにかく行ってみる。

熊谷と別れた後、出水は旅館に帰った。麻衣子と紗良が働いていたという、小糸川沿いの旅館だ。従業員たちには何も言わず、二人の関係者だと言わず、普通の客として泊まっている。

静かで穏やかな雰囲気に満ちた旅館だった。露天風呂があり、コンビナートの灯りが燦《きら》めく夜景を見ることができる。

「いいところだな」

旅館の部屋で呟いた。独りぼっちで呟くと、また涙があふれてきた。出水は、夜景も見ずに泣いた。

その日、朝から細かい雨が降っていた。穀雨《こくう》と呼ぶのだろうか。地面を潤すような柔らかな雨だ。

雨は音を吸い込む。人通りもなくなる。ただでさえ静かな町が、いっそう静かになったように思えた。

旅館でタクシーを呼んでもらい、ちびねこ亭に向かった。運転手に行き先を伝え、車窓を眺めていると、小糸川が間近に見えた。ちびねこ亭へは、堤防道路を通っていくようだ。

誰もいない道路をタクシーが走っていく。川の景色が後ろへ流れ、やがて東京湾に着いた。ここからは歩きだ。食堂は、砂浜を抜けた先にある。

「お気をつけて」

「ありがとう」

運転手とそんな会話を交わしてから、タクシーを降りて傘を差した。そして、誰の足跡もない砂浜を歩いた。海辺の景色が、細い春の雨に淡く霞んで見える。はっきりと見えるものは何もない。夢の中を歩いているような気持ちになった。

いくらも行かないうちに、白い貝殻を敷いた小道があって、その先に青い建物が見えた。入り口のそばに、看板代わりと思われる黒板が置いてある。何もかも電話で聞いた通りだった。あれが、ちびねこ亭だ。

降りしきる細い穀雨のせいか、現実に存在する店には見えない。やっぱり、夢の中にいるようだった。窓から、ぼんやりとした明かりが漏れていた。

「夢なら夢でもいいか」

呟いた声は、雨に吸い込まれた。出水は足を進め、食堂の扉を押した。ドアベルが鳴った。耳に心地いい音だった。

カラン、コロン。


扉を開けると、店の中が見えた。声をかけようと思ったが、何を言う暇もなかった。透かさず猫が鳴いたのだった。

「みゃん！」

茶ぶち柄の子猫が、入り口の前に座っていた。しっぽを軽く振りながら、こっちを見ている。

ちびねこ亭には、猫がいる。予約したときに電話で聞いていたけれど、まさか出迎えられるとは思わなかった。

「みゃあ！」

また鳴いた。ずいぶんと元気がいい。全力で鳴いているみたいだ。いらっしゃいませ、と言っているように聞こえたのは、出水の耳がどうかしているのだろう。テレビの仕事が長いせいか、動物を擬人化して見る癖があった。子猫にナレーションや字幕を付けるのは、番組でもよくあることだ。

食堂にいたのは子猫だけではなかった。若い男女が、子猫の後ろに立っていた。最初に男のほうが丁寧にお辞儀し、出水に声をかけてきた。

「いらっしゃいませ。ちびねこ亭の福地櫂です」

声に聞きおぼえがあった。電話で話した男のようだ。二十代前半だろうか。おとなしすぎるきらいはあるが、テレビに出しても通用しそうな整った顔をしている。雰囲気も悪くない。

続いて、若い女が同じようにお辞儀した。

「いらっしゃいませ。二木琴子です」

名前を聞いて、はっとした。『黒猫食堂の冷めないレシピ』に出ていた女優だ。あの二木結人《ゆいと》の妹でもある。

改めて彼女を見た。舞台に立っているときとは別人だった。名前を聞かなければ分からなかっただろう。生意気さも気の強さも感じられない、清楚で控え目な女性だった。

——演じていたのか。

出水は驚いた。役者なのだから演技するのは当然だ、と思うかもしれないが、もともとの性格や見かけをベースに配役することは珍しくない。自分と正反対の役を演じるのは、ベテラン役者でも苦労する場合がある。それを二木琴子は演じきっていた。見事に役になりきっていた。本当にああいう性格の女性かと思わせた。芝居を始めたばかりだと聞いていたが……。

そんなことを考えていると、茶ぶち柄の子猫がみたび鳴いた。

「みゃ」

さっきとは違う鳴き方だった。何を言ったのか分からなかった。だが、分かる者もいた。

「分かっています」

櫂が頷き、茶ぶち柄の子猫を紹介した。

「看板猫のちびです」

「みゃあ」

子猫が反応した。胸を張って、しっぽをピンと立てている。自分を売り込む役者のように、自信満々に何かをアピールしている。ただ出水には、何をアピールしているのか分からなかった。

「こちらの席でよろしいでしょうか？」

櫂の言葉だ。窓際の四人がけのテーブルに案内された。窓の外には、東京湾と砂浜が広がっている。雨が降り続けているせいか、はたまた時間が早いせいか、砂浜は無人だった。店にいる客も、出水一人だけだ。

「もちろんだ。ありがとう」

出水が腰を下ろすと、例によって子猫が反応した。

「みゃん」

ちびが鳴き、一仕事終えたような足取りで、壁際のほうに歩いていった。そこには、安楽椅子が置いてあった。お気に入りの場所らしく、慣れた感じで飛び乗って丸くなった。寝息を立て始める。寝てしまったようだ。

店の中は、いっそう静かになった。業界では話し上手で通っている出水だが、仕事を離れると何をしゃべればいいのか分からなくなってしまう。雑談は苦手だった。このときも、次の一言が出てこない。

だが困りはしなかった。ちびねこ亭の二人の若者も無口らしく、余計な話をせずに本題に入った。

「ご予約いただいた思い出ごはんを用意いたします。少々、お待ちくださいませ」

ホテルマンのような丁寧な口調で櫂は言い、頭を下げてから、琴子と一緒にキッチンらしき小部屋に入っていった。出水は一人になった。

店内にはテレビさえなかったが、退屈だとは思わなかった。考えることはいくらでもあった。

例えば、あのとき麻衣子を追いかけていたら、仕事より彼女と暮らすことを選んでいたら、どんな人生を歩んでいたのだろうか？

社長になれなかったどころか、事務所をクビになっていた。不器用な自分は仕事をさがすのに苦労し、きっと生活に困っていただろう。貧しさに疲れ果てていたかもしれない。でも、一人ではなかった。麻衣子と紗良の三人で暮らしていたはずだ。今みたいに寂しさに押し潰されることはなかった。

「自分で選んだことだ」

そう呟いても、寂しさは消えない。空《むな》しさはなくならない。失ったものが大きすぎる。たった一度きりしかない人生なのに、後悔ばかりが残っている。人生の選択を誤ってしまった。

また涙がこぼれそうになり、慌てて目頭《めがしら》を押さえた。こんなところで泣くわけにはいかない。初めて会った若者たちの前で泣くわけにはいかない。呼吸を整えて、どうにか涙を止めた。

それを見計らっていたかのように、涙が止まるのを待っていたかのように、櫂と琴子がキッチンから戻ってきた。料理を載せた盆を持っている。香ばしい醬油の焦げたにおい、それから、磯の香りがした。頼んだ料理は二品あった。その二品を持ってきてくれたようだ。

二人の若者はテーブルにやって来て、三人分の食事――たぶん、出水と麻衣子、紗良の分を並べてくれた。そして、櫂がその料理を紹介する。

「お待たせいたしました。焼きおにぎりと、海苔の吸い物です」

二十年前、まだ独りぼっちじゃなかったころに食べたものだ。吸い物の湯気が、天井に吸い込まれるように立ちのぼった。遠い昔の記憶が、昨日のことのようによみがえった。

麻衣子と恋に落ちたばかりのころ、出水は忙しかった。事務所はガタガタで、次から次へと仕事のできる人間が去っていった時期だ。仕事の量は増え、食事をする暇もなかった。時間はあっても、気持ちに余裕がない。弁当を事務所に持っていっても、食べずに帰ってくる。

そんな出水のために、麻衣子が料理を作ってくれた。握り飯に醬油を塗って焼いたもので、海苔の入った吸い物が付いていた。白醬油で作ってあった。

醬油の焦げる香ばしいにおい、海苔の香り。どんなに疲れていても、麻衣子の作ってくれたものなら食べることができた。倒れなかったのは、その食事のおかげだ。麻衣子のおかげだ。

彼女から妊娠を告げられたときも、同じものを食べていた。食べ物のにおいは、記憶をよみがえらせる。麻衣子が、すぐそこにいるような気がした――。

思い出に浸っていると、ちびねこ亭の青年に促《うなが》された。

「温かいうちにお召し上がりください」

出水は気持ちを二十年前に残したまま、小さく頷き、両手を合わせた。

「……いただきます」

――手のシワとシワを合わせて幸せ。

そんなＣＭがあるが、麻衣子の口癖でもあった。何かを食べる前に手を合わせるのも、彼女の癖だった。こうすれば、食事のたびに幸せを祈ることができるでしょう。そう言っていた。

出水も、いつのころからか手を合わせるようになっていた。麻衣子と一緒に食事をしていたころは、こんな習慣はなかった。幸せを祈ったことなどなかった。行儀のいい人間ではないし、願掛けのような真似は苦手だった。けれど、この習慣だけは今も続けている。祈りを捧げている。ただ祈っているのは自分の幸せではない。麻衣子と紗良の幸せを願い続けていた。

海苔の吸い物に口を付けた。白醤油が優しく海苔に馴染《なじ》んでいる。そばに小皿が置いてあって、わさびと白ゴマが載っていた。麻衣子が作った吸い物にも、こんなふうに薬味が添えられていた。自分の好みで加えることができる。

千葉県の海苔は、全国でも有名だ。上総《かずさ》のりが誕生したのが、文政《ぶんせい》五年（一八二二）と言われており、二百年の歴史がある。君津市の隣にある富津市は、海苔の養殖が盛んで、千葉県内の出荷の八割を占めている。地元の名産物と言っていいだろう。

出水は、わさびと白ゴマを吸い物に入れて軽く混ぜた。とたんに、わさびが香り立った。吸い物を飲むと、鼻がツンとした。でも美味しかった。白ゴマの香ばしさも海苔と相性がいい。

「旨いなあ……」

ため息をつくように呟き、焼きおにぎりに手を伸ばした。昔と同じように、手づかみで食べることにした。

手に取ってみると、まだ十分に温かかった。焦げた醤油のにおいが、食欲を刺激する。焼きおにぎりに口を付けた。ほんの少しだけ食べてみた。米が甘かった。焦げた醤油が、たまらなく旨かった。吸い物を飲みながら、二口目を食べた。そして、ようやく気づいた。

違う、と。

これは、出水の思い出ごはんではない。麻衣子の作ってくれた焼きおにぎりとは、何かが違っていた。吸い物はまったく同じなのに、焼きおにぎりは違った。その証拠のように、麻衣子は姿を見せない。

駄目だったか。二十年前の味を再現するなんて無理だったか。死んでしまった人間と会おうとすること自体が、間違っているのかもしれない。会えないまま、謝ることのできないまま、自分の人生は終わってしまうのだろう。

肩を落としながら惰性《だせい》で、もう一口だけ焼きおにぎりを食べた。その瞬間、はっとした。握り飯の真ん中に梅干しが入っていた。種を取って、軽く叩いた梅干しが入っている。少しずつ食べていたせいで、二口では梅干しに届かなかった。

「この味だ」

思わず言った。梅干しが加わったことにより、二十年前と――麻衣子が作ってくれたものと同じ味になった。違うと感じたのは、梅干しを食べなかったからだ。

それも、これはただの梅干しではない。絶対に市販品ではない。失われてしまったはずの、もうこの世に存在していないはずの梅干しの味がする。

「まさか……」

問いかけるように櫂を見た。青年は皆まで聞かずに頷いた。

「はい。倉田さんからいただいたものです。当店のお客さまでした」

過去形だった。寂しそうな声だった。忘れていた思い出が、また一つ、よみがえった。

頭の奥で言葉が聞こえた。


梅干しは身体にいいから。


芳雄の妻・世津の口癖だった。「一日一粒で医者いらず」と昔から言われていて、例えば、梅干しを見ただけで唾液の分泌が盛んになるが、その唾液中には発癌物質の毒性を抑制する効果が含まれているという。

世津は、梅干しを漬けていた。塩だけで漬けた白干《しらぼし》梅だ。それを、出水にも送ってくれた。その梅干しで作った握り飯を、麻衣子は焼いてくれたのだ。

あんたにも、思い出ごはんが必要だ。

芳雄の言葉までもが、よみがえってきた。死んでしまった芳雄と世津が、力を貸してくれているのだと分かった。

手を差し伸べてくれているのは、倉田夫婦だけではない。楠本や熊谷も助けてくれた。耀が料理を作ってくれた。誰かが欠けていたら、思い出ごはんには辿り着けなかっただろう。この焼きおにぎりを食べることはできなかった。

人は繫がっている。

思いは受け継がれていく。

知らないうちに、知らない誰かに助けられて生きている。人は死んでも、思いや優しさは残っている。それに救われて、人は生きている。そんな優しさに支えられて生きている。気づいていないだけで、遠い昔に死んでしまった人間にも助けられているのかもしれない。

人の声が聞きたくなった。人恋しくなった。出水は話しかけようと、耀と琴子に視線を向けた、つもりだった。

しかし、いなかった。若い二人がいない。さっきまでテーブルの近くにいたはずなのに、姿が消えていた。また、おかしなことはそれだけではなかった。

〝……どこへ行ったんだ？〟

呟いた声はくぐもっていた。おかしな声だった。自分の声なのに、他人のもののように聞こえる。

そして、ドアベルが鳴った。

カランコロン、カランコロン。

その音は、やっぱりくぐもっていた。しかも、なぜか二回も鳴った。視線を向けると、ちびねこ亭の扉が開いていた。だが外の世界は見えなかった。真っ白だった。

〝霧？〟

スモークを焚いたようにも見えたが、こんなところで焚くはずがないので、霧が出てきたのだろう。視界を塞ぐほどの濃い霧だった。ただ、何も見えないわけではない。雨がやんだらしく、霧の向こうに光があった。キラキラと霧が輝いて見える。霧そのものが光っているようにも見えた。

しばらく待っても、誰も入ってこなかった。扉が開いたということは、誰かが来たのだろうが、人の気配は感じられない。店の中も外も、静まり返っている。この状態は、普通じゃない。

このとき思い浮かべたのは、死後の世界だった。傷ついたウミネコが、海のどこかでひっそりと死ぬように、自分も息絶えてしまったのかもしれない。死んだと気づかないことも、ありそうな気がした。

それでもいいと思った。そうであることを望むような気持ちさえあった。独りぼっちで生きていくことに、疲れていたのかもしれない。死を恐れてはいなかった。

このまま永遠に静寂が続くのかと思ったときだ。生きているものの声が、耳に届いた。

〝みゃあ〟

ちびだった。安楽椅子の上にいた。櫂や琴子のように消えてはなかった。しかも、こんなふうに世界が変わってしまっても、子猫はマイペースだった。小さく伸びをして安楽椅子から飛び降り、入り口のほうに歩き出した。出水を見ようともせず、とことこと進んでいく。

外に出ていこうとしているのかと思ったが、開いた扉の前で足を止めた。ぴんと背筋を伸ばした姿勢で座り、さっきまで寝ていたとは思えないほど凛々《りり》しい顔をしている。たとえるなら、大切な客を迎え入れようとしている一流ホテルのウェイターのようだった。

〝何をしてるんだ？　誰か来るのか？〟

〝みゃん〟

返事をしてくれたようだが、猫の言葉は分からない。とりあえず、ちびのそばに行こうとした。立ち上がろうとする出水の先手を打つように、霧の向こうから自動車のエンジン音が聞こえてきた。

自動車は砂浜を通れないはずなのに、この店に近づいてきている。大型車のエンジン音のように聞こえた。不思議に思って耳をそばだてていると、聞きおぼえのある音が鳴った。毎日のように聞いている音だ。

〝バスのクラクションか？〟

〝みゃ〟

ちびが短く答え、しっぽを一度だけ振った。出水の問いに頷いたような返事と動きだった。

その瞬間、思い出した。ここは死者と会える店だった。麻衣子と紗良は、乗っていた旅館の送迎バスが事故に巻き込まれて死んでしまった。つまり――。

〝みゃあ！〟

茶ぶち柄の子猫が、元気よく鳴いた。出水がこの店に来たときと同じような鳴き方だった。いらっしゃいませ、と言っている。唐突《とうとつ》に、ちびの言葉が分かった。分からないはずの猫の言葉が分かった。

自分がおかしくなったとは思わない。何が起こっているのか――これから何が起ころうとしているのか分かったからだ。

ちびねこ亭のすぐ前で、バスの停まる音が聞こえた。バスの扉が開き、降りてくる足音があった。それも二つ、あった。客は二人いる。キラキラと輝く霧をかき分けるようにして、二つの人影が食堂に入ってきた。

見た瞬間に、誰だか分かった。いや、見る前から分かっている。分からないはずがなかった。

四十歳手前くらいに見える麻衣子、それから、そろそろ二十歳になろうという風情《ふぜい》の娘の紗良だ。二人とも旅館の制服——藍色の作務衣《さむえ》を着ていた。

この世に戻ってきてくれたのだ。自分に会いに来てくれたのだ。芳雄の話は、嘘ではなかった。

ちびねこ亭が、奇跡を起こしてくれた。思い出ごはんが、独りぼっちの出水のために奇跡を起こしてくれた。


〝出水さん〟

麻衣子が言った。こんな自分の名前を呼んでくれた。二十年前と変わらない優しい声だった。歳を取りはしたけれど、顔立ちは変わっていない。むしろ、あのころより美しくなっていた。そして、その隣にいる紗良は、若いころの麻衣子にそっくりだ。本当によく似ている。

テーブルのそばにやって来た二人の姿が、滲んで見える。まぶたの隙間から涙があふれて出てきたせいだ。自分は泣いてばかりいる。涙腺《るいせん》が壊れた水道のように緩んでいて、言うことを聞いてくれない。麻衣子と紗良が、水の膜の向こう側に見える。手を伸ばせば届くところに立っている。

胸が苦しくなった。水の膜がこぼれ落ちていく。その涙を拭いもせず、出水は立ち上がり、床に膝を落とした。両手を床に突いた。二人に言わなければならない言葉があった。

〝すまなかった。本当に、すまなかった〟

額を床に擦りつけるようにして謝った。だが、土下座したくらいで許してもらえるとは思わない。さがせば三日で見つけられたものを、家族よりも仕事を取ったのだから。麻衣子の人生をメチャクチャにしてしまったのだから。二人を捨てたも同然なのだから。

何秒かの沈黙があった。音もなく時間が流れ、やがて麻衣子の声が土下座したままの出水の身体に落ちてきた。

〝謝らないでください。メチャクチャになんて、なっていませんから。いい人生でしたから。あなたと恋をして、娘を持つことができましたから。あなたと出会うことができて幸せでしたから。悔いのない人生でしたから〟

死者は、生者の考えていることが分かるらしい。出水の後悔を打ち消してくれた。その言葉は優しかった。

〝麻衣子……〟

名前を呼び、両手を突いたまま顔を上げると、愛する女性は微笑んでいた。愚かな自分を、仕事を選んだ自分を許してくれた——。

そんなふうに思ったとき、横から言葉が飛んできた。

〝嘘だよ。悔いがないなんて嘘〟

そう言ったのは、紗良だった。母親の言葉を薙《な》ぎ払うような口調だった。怒ったような顔と声をしている。出水のことを怒っているのだろう。当たり前だ。怒って当然だ。簡単に許すほうがどうかしている。

人は嘘をつく。他人を騙して利益を得ようとする者もいるが、優しさや思いやりから本心を隠すことがある。麻衣子がついたのは、そんな嘘だ。

娘を持つことができて幸せだというのは本音だろうが、出水と出会ったことは後悔しているに違いない。仕事のために自分を捨てた男を許すはずがない。普通に考えれば分かることだ。

麻衣子は、出水が自分を責めないように嘘をついた。自分は、その嘘にすがりついて許された気になったのだ。

情けなかった。力が抜けて、首を起こしていられなくなった。出水はふたたび頭《こうべ》を垂れた。六十歳にもなって、死んでしまった人間の優しい嘘にすがろうとした自分が許せなかった。

さっきとは違う、まるで違う苦い涙がこぼれ出た。嗚咽が込み上げてきた。このまま泣き崩れてしまいそうだった。二度と立ち上がれなくなりそうな悲しみが、六十歳の身体にのしかかっていた。

だが、泣いている場合ではない。落ち込んでいる場合ではない。出水は、そのことを知っていた。だから自分に言い聞かせる。これ以上泣くのはやめよう、と。

自分を憐れんで泣くのは、独りぼっちになってからでいい。誰もいない部屋に帰ってから、好きなだけ泣けばいい。残りの人生を泣いて暮らせばいい。この奇跡の時間だけは無駄にしてはならない。嫌われていようと、罵られようと、愛する二人と向き合わなければならない。


大切な人と会えるのは、思い出ごはんが冷めるまで。

誰かに聞いたわけではないのに、出水は知っていた。この奇跡の時間が、永遠には続かないことを知っていた。

焼きおにぎりも、海苔のお吸い物も冷めかけている。ほとんど湯気が見えなくなっていた。あと十分も経たないうちに、麻衣子と紗良は帰ってしまう。遠い場所に行ってしまう。せっかく二人と会えたのだから、もう一度、謝ろう。許されないのは、最初から分かっていたことだ。

土下座した格好のまま、両手で自分のズボンの腿のあたりを摑んだ。そうして気力を振り絞り、垂れてしまった首を無理やり起こした。麻衣子と紗良の顔が見えた。予想通りだった。二人の姿が薄くなり始めている。あの世に帰りかけている。奇跡の時間が終わりかけている。

申し訳なかった。そんな芸のない謝罪を繰り返そうとしたとき、それを遮るように娘が続けた。

〝ママは、ずっとプロポーズするつもりでいたんだよ。できないで死んじゃったら、悔いが残るに決まってるんだから〟

〝……え？〟

声を上げて、愛する女性を見た。麻衣子が恥ずかしそうに顔を伏せた。それから、小さな声で娘に抗議する。

〝どうして言っちゃうのよ〟

〝どうしてもこうしてもないでしょ〟

紗良が言い返した。娘は気が強いようだ。若いころの出水に少し似ている。

〝言わなきゃ伝わらないよ。せっかく来てくれたのに――せっかくまた会えたのに、自分の気持ちを言わないでいたら、それこそ成仏《じょうぶつ》できなくなっちゃうから〟

説教するように言って、出水に向き直った。

〝ママはね、出水さんが社長を辞めたら、プロポーズに行くつもりだったんだよ。ずっと、そう言ってたの。社長を辞めたら隠居するって出水さんが言っていたから〟

確かに言った。ネットニュースや雑誌の取材を受けるたびに言っていた。それを見たのだ。

〝隠居した年寄りが結婚しても、スキャンダルにはならないよね〟

紗良が問いかけてきた。心配そうな顔をしている。もうそんなことを考える必要はないのに、もう死んでしまったのに、真面目な顔で出水の返事を待っている。気が強いだけでなく、優しい娘に育ったようだ。

〝だ……大丈夫だ……〟

涙をこらえながら返事をした。スキャンダルにはならないし、なっても構わない。そう答えたかったのに、言葉にならなかった。こらえてもこらえても出てくる涙が邪魔をした。出水はその涙を必死に呑み込もうとした。これ以上、泣くのはやめようと決心したばかりだし、泣いてばかりいては情けない。

だが無理だった。大丈夫だと答えた声が震えてしまった。それがいけなかった。紗良が出水の顔をのぞき込み、そして言った。

〝パパ、どうしたの？　どこか痛いの？　病気とか怪我じゃないよね？〟

限界だった。絶対に、無理だ。涙をこらえることなんて、できるわけがない。娘が、こんな自分を父親だと認めてくれた。こんな自分を〝パパ〟と呼んでくれた。心配してくれている。

〝どこも……痛くない……〟

そう答えるのが、やっとだった。大粒の涙を落としながら、どうしようもなく泣いていた。還暦《かんれき》も終わった年寄りなのに、親に叱られた小学生のように涙を流した。

その涙は温かかったが、袖で必死に拭った。涙を誤魔化そうとしたのではない。一秒でも長く、麻衣子と紗良の顔を見ていたかったからだ。涙に邪魔をされず見ていたかった。

しかし、もう、はっきりとは見えない。焼きおにぎりは完全に冷めてしまい、海苔の吸い物の湯気も消えかけている。麻衣子と紗良の姿が、さっきよりも透明に近づいていた。

〝そろそろ帰る時間みたい〟

娘が告げた。麻衣子も小さく頷いている。

離れたくなかった。このまま一緒にいたかった。でも、それは許されない。紗良に釘を刺された。

〝自殺しちゃ駄目だよ。あっちで会えなくなっちゃうから〟

天国に行けないという意味だろうか。あるいは出水を死なせないために、優しい嘘をついたのかもしれない。人は嘘をつく。死んでも、きっと嘘をつく。それでもよかった。真実でも嘘でも、何でもいい。娘の言葉を受け入れた。

〝分かっている。自殺なんてしない。生きられるだけ生きる。ちゃんと生きる〟

出水は約束した。いつの日か、ふたたび二人に会える日まで生きていこうと心に決めた。するとと自然に言葉が出た。

〝ありがとう〟

ごめんなさいではなく、ありがとうと言えた。こんな自分と会ってくれて、ありがとう。話してくれて、ありがとう。パパと呼んでくれて、ありがとう。生まれてきてくれて、ありがとう。

愛する者がこの世に存在していたという事実だけで、これからも生きていける。独りぼっちじゃないと思える。あの世で会えると思えるだけで、この世界で暮らしていくことができる。

ありがとうの他に、もう一つだけ、伝えておきたいことがあった。その言葉を言うために、誰かに伝えるために、自分は生まれてきたのかもしれない。

〝愛してる。二人のことを愛してる〟

ありがとう。

愛してる。

この言葉を言うことのできる自分は、本当に幸せだ。この世に生まれてきてよかった。相手が死んでしまった人間だろうと、幸せだ。誰かに感謝し、誰かを愛することができたのだから。

〝うん。知ってる〟

娘が素っ気なく頷き、自分の母親を促した。消えかかっている母を睨んだ。

〝ママ、早く言わないと帰る時間になっちゃうから〟

分かってる、と麻衣子は答えた。透明になってしまった顔を出水に向けて、少しだけ照れくさそうに話し始めた。

〝私も愛してます。あなたのことが大好きです。あなたと会えた自分の人生が大好きです〟

それから、プロポーズをしてくれた。こんな自分に結婚を申し込んでくれた。

〝いつか、あっちの世界で会ったら、私と結婚式を挙げてください。今度こそ、私と夫婦になってください〟

返事しなければならないのに、できなかった。言葉に詰まるほどに、胸がいっぱいになっていた。涙腺が完全に壊れてしまったらしく、涙が止まらなくなった。とめどなく涙があふれていく。

紗良がまた口を挟んだ。

〝ママったら、ウエディングドレスに憧れてるんだよ〟

〝だから、もうバラさないでっ！〟

麻衣子が叱るように言って、笑った。出水も泣きながら、笑った。家族三人で、笑った。幸せだった。何度でも思う。繰り返し思う。本当に、本当に、本当に幸せだ。自分は幸せだ。

笑ったおかげで、ようやく口を利くことができた。プロポーズの返事をすることができた。

〝こんな年寄りの新郎でいいのか？〟

白髪頭の自分が麻衣子と並ぶと、親子に見える。あと二十年も生きたら、それこそ祖父と孫だろう。

〝関係ないよ〟

答えたのは、紗良だった。

〝あっちの世界じゃあ、そんなの関係ないよ。みんな、好きな人と暮らしてるよ〟

年の差も、人種の違いも、性別さえも関係のない世界なのだろう。好きな人と暮らす。ただ、それだけのことが、とてつもなく幸せなことのように思えた。

また少し時間が流れた。思い出ごはんからは、もう湯気が立っていない。冷めてしまったのかもしれない。麻衣子と紗良の姿が、ほとんど見えなくなった。輪郭さえも消えてしまった。最後の瞬間が訪れようとしているのだと分かった。

〝結婚式を挙げよう。三人で暮らそう。今度こそ家族になろう。おれと家族になってくれ〟

出水は言った。二十年前に伝えたかった言葉を、やっと言うことができた。麻衣子と紗良の姿は消えていたが、ちゃんと返事は聞こえた。

〝もちろんよ〟

〝当たり前だよ、パパ〟

その言葉を胸に刻んだ。心残りはなくなった。この先の人生で何が起ころうと、自分はもう、独りぼっちではないと思うことができる。

〝ありがとう〟

最後に繰り返した。

〝愛してる〟

呪文のように繰り返した。幸せな呪文を繰り返した。

二人の返事は聞こえなかった。とうとう完全に消えてしまったようだ。

ちびねこ亭の扉の向こう側で、バスのクラクションが鳴った。二人が店から出ていく気配があった。あの世行きのバスに乗って、帰っていくのかもしれない。バスの出発する音が聞こえた。

〝みゃん〟

客を見送るように、ちびが鳴いた。出水は扉の向こうを見たまま、ずっと泣いていた。ずっと、ずっと泣いていた。泣くことしかできなかった。

さよならを伝えるように、ドアベルが鳴った。今さら、カランコロン、カランコロンと鳴った。

気がつくと、元の世界に戻っていた。櫂と琴子が店の隅に立っていて、ちびが安楽椅子で寝息を立てている。出水は自分の身に起こった奇跡には触れなかったし、二人の若者も聞かない。ただ、食事の礼を言った。

「ごちそうさま。美味しかったよ」

「ありがとうございます」

櫂の返事はどこまでも自然だった。どちらの声もくぐもっていない。本当に終わってしまったようだ。

出水は代金を支払い、食堂を後にした。外に出ると雨がやんでいた。バスも白い霧もなかった。その代わりみたいに、行く先に虹が見えた。七色の橋が架かっている。

「虹の向こう側には、何があるんだろうな」

意味もなく呟き、誰もいない砂浜を進んだ。歩きながら、ちびねこ亭での出来事を考えた。

自分に都合のいい夢を見ただけかもしれない。二十年も放っておいたくせに、今さら許してもらえるなんて、いかにも孤独な男が見そうな夢だと思った。だが、それでもよかった。たとえ夢でも、愛する女と自分の娘に会えたのだから満足だ。

歳を取ると、現実も夢も似たようなものだと思うようになる。しょせん、この世は一夜の夢なのだから。

そうであるのなら、現実と夢が似たようなものなら、夢のために生きていけばいい。夢を信じて生きていけばいい。

いずれ、ふたたび、〝ありがとう〟と言うことのできる瞬間が訪れる。〝愛している〟と伝えることのできる日が訪れる。思い出ごはんのおかげで、そう信じて生きていくことができる。

「幸せだったし、これからも幸せだ」

虹の向こう側に呟いた。けれど、返事はなかった。それでよかった。当たり前だ。まだ、その日は訪れていないのだから。

もう少しだけ、出水の人生は続くのだから。

◯

虹を見ながら海辺を歩いていくと、砂浜が終わり道路に出た。駅に続く舗装された道が延びている。旅館には戻らずに、君津駅に行くつもりだった。このまま東京に帰ろうと決めていた。まだ来ていないようだが、タクシーも呼んである。

しかし、仕事が残っていた。まだ、やるべきことがあった。話さなければならない相手がいた。道路の脇に、一人の男が立っていた。

「出水さん」

十年前に事務所をクビにした男に——熊谷に名前を呼ばれた。ここで会うと約束をしていたわけでもないのに、出水は驚かなかった。ちびねこ亭を出る前から、自分を待っている気がしていた。

熊谷がここにいると分かっていた。この男に言うべき言葉も分かっていた。

「事務所に戻ってこないか？」

本気だった。もともと熊谷の実力を高く評価していたが、まさか、あそこまで伸びているとは思わなかった。『黒猫食堂の冷めないレシピ』の演技を見て瞠目《どうもく》した。ちびねこ亭に興味があって足を運んだだけなのに、気づいたときには舞台に釘付けになっていた。

いい役者になった、と心の底から思った。このまま埋もれさせておくのは惜しい、とも思った。熊谷は確かに暴力を振るったけれど、永遠に許されない罪ではない。それは、社長の楠本の考えでもあった。そうでなければ、『黒猫食堂の冷めないレシピ』のパンフレットを取り寄せたりしない。

だが、熊谷の返事は早かった。

「ありがとうございます。そう言っていただいて、本当に嬉しいです。でも、お断りします」

「断る？　どうしてだ？」

「あそこは、おれの居場所じゃないからですよ」

「居場所じゃない……か」

声に出して繰り返してみた。その通りなのかもしれない。テレビに出ていたころの熊谷より、今のほうが輝いている。小劇団の舞台に立っているのを埋もれていると言うのは、傲慢《ごうまん》な人間の余計なお世話なのだろう。

しかし、簡単には納得できない。芸能事務所の人間として、あの舞台を見せられて引き下がるわけにはいかない。

「だったら、『黒猫食堂の冷めないレシピ』の後援をさせてもらえないか？」

小さな劇場で終わらせてしまうには、惜しい舞台だった。興行に絶対はないが、あの舞台は受ける。まだまだ人気が出るはずだ。

「後援？　つまり、スポンサーになってくださるということですか？」

「そうだ。資金援助しよう。人も出す。うちの事務所で、おまえたちの舞台を手伝わせてくれ」

　悪い話ではないはずだが、熊谷はすぐには頷かなかった。

「検討させてください。正式な書類をいただけますか？」

　条件次第だと言っているのだ。劇団の主宰者としては、当然の対応なのかもしれない。生き馬の目を抜くような業界なのだから口約束は禁物だ。

「社長に話を通しておく。近日中に連絡させてもらう」

　出水は約束した。今日のところはこれで切り上げようとしたが、甘かった。熊谷は気づいていた。

「出水さんの本当の狙いは、おれじゃないですよね？　二木琴子ですよね？　彼女を事務所に入れたいんですよね？」

　畳みかけるように問いかけてきた。

「両方だ。おまえも二木琴子も、うちの事務所に所属させたい」

　嘘はつかなかった。嘘をつけなかった。あの二木結人の妹というだけで話題性があるが、その兄が霞んでしまうほどの存在感があった。まだ素人くさく荒削りな演技だったけれど、役者として完成されている熊谷を食ってしまうほどの迫力があった。観客たちも、琴子の演技と存在感に釘付けになっていた。熊谷と並ぶ看板役者になる日も遠くないだろう。

だが、気になることもあった。聞いておかなければならないことでもある。

「福地櫂という青年と恋人同士なのか？」

これは出水の勘にすぎないが、外れているとは思わない。ちびねこ亭で、二人は寄り添うように立っていた。互いを思い合っているように見えた。

「そんなこと、知りませんよ。仮に恋人同士だとしても、あの二人を引き離すことはできませんよ」

自分の過去を思い出したのだろう。熊谷の顔は険《けわ》しくなっていた。言葉も尖っている。劇団を率いる立場になっても、一本気なところは変わっていないようだ。

「引き離す必要はない。気になったから聞いただけだ。おまえのときとは、時代も事情も違う。俳優だろうがアイドルだろうが、幸せを諦める必要はない」

そうであって欲しいと願いながら、出水は答えた。マスコミに狙われる可能性がある以上、対策を講じる必要があるから聞いただけで、二人の幸せを壊すつもりはなかった。壊してはならない、とも思っていた。

その後は、何もしゃべらなかった。自分も熊谷も黙っていた。やがてタクシーがやって来た。雨は完全に上がり、晴れ間が広がっている。迎えの自動車は、虹の向こう側からやって来たように見えた。

自分と熊谷も、遠くから見れば、虹の向こう側にいるのかもしれない。どこにいようと、そこは虹の向こう側なのかもしれない。

ちびねこ亭特製レシピ

海苔の吸い物

材料（1人前）

・海苔　1枚程度
・水　180cc
・酒　適量
・薄口醤油　適量
・白だし　適量
・薬味（わさびなど）　適量

作り方

1　水、酒、薄口醤油、白だしを鍋に入れて加熱する。
2　適当な大きさにちぎった海苔を椀に入れる。
3　2の椀に1を注ぐ。
4　味が足りなそうな場合には、さらに薄口醤油を垂らす。
5　わさびなどの薬味を加えて完成。

ポイント

白だしの代わりに、顆粒だしや削った鰹節を入れても美味しく食べることができます。海苔の香りを楽しみたい場合は、薄味でお作りください。海苔を炙ってから椀に入れると、より香ばしくなります。

光文社文庫

文庫書下ろし
ちびねこ亭《てい》の思《おも》い出《で》ごはん　からす猫《ねこ》とホットチョコレート
著　者　高《たか》　橋《はし》　由《ゆ》　太《た》

2023年1月20日　初版1刷発行

発行者　三　宅　貴　久
印　刷　萩　原　印　刷
製　本　ナショナル製本

発行所　株式会社　光　文　社
〒112-8011　東京都文京区音羽1-16-6
電話（03）5395-8149　編　集　部
8116　書籍販売部
8125　業　務　部

© Yuta Takahashi 2023
落丁本・乱丁本は業務部にご連絡くだされば、お取替えいたします。
ISBN978-4-334-79484-2　Printed in Japan

R <日本複製権センター委託出版物>
本書の無断複写複製（コピー）は著作権法上での例外を除き禁じられています。本書をコピーされる場合は、そのつど事前に、日本複製権センター（☎03-6809-1281、e-mail : jrrc_info@jrrc.or.jp）の許諾を得てください。

組版　萩原印刷

本書の電子化は私的使用に限り、著作権法上認められています。ただし代行業者等の第三者による電子データ化及び電子書籍化は、いかなる場合も認められておりません。

光文社文庫　好評既刊

シンポ教授の生活とミステリー　新保博久
銀幕ミステリー倶楽部　新保博久編
くれなゐの紐　須賀しのぶ
ブレイン・ドレイン　関　俊介
孤独を生きる　瀬戸内寂聴
生きることば　あなたへ　瀬戸内寂聴
寂聴あおぞら説法　こころを贈る　瀬戸内寂聴
寂聴あおぞら説法　愛をあなたに　瀬戸内寂聴
寂聴あおぞら説法　日にち薬　瀬戸内寂聴
いのち、生きる　瀬戸内寂聴　日野原重明
幸せは急がないで　瀬戸内寂聴　青山俊董編
贈る物語　Wonder　瀬名秀明編
腸詰小僧　曽根圭介短編集　曽根圭介
正　体　染井為人
成吉思汗の秘密　新装版　高木彬光
白昼の死角　新装版　高木彬光
人形はなぜ殺される　新装版　高木彬光

邪馬台国の秘密　新装版　高木彬光
「横浜」をつくった男　高木彬光
神津恭介、犯罪の蔭に女あり　高木彬光
刺青殺人事件　新装版　高木彬光
社長の器　高杉　良
ちびねこ亭の思い出ごはん　黒猫と初恋サンドイッチ　高橋由太
ちびねこ亭の思い出ごはん　三毛猫と昨日のカレー　高橋由太
ちびねこ亭の思い出ごはん　キジトラ猫と菜の花づくし　高橋由太
ちびねこ亭の思い出ごはん　ちょびひげ猫とコロッケパン　高橋由太
ちびねこ亭の思い出ごはん　たび猫とあの日の唐揚げ　高橋由太
バイリンガル　高林さわ
乗りかかった船　瀧羽麻子
退職者四十七人の逆襲　建倉圭介
王都炎上　田中芳樹
王子二人　田中芳樹
落日悲歌　田中芳樹
汗血公路　田中芳樹

光文社文庫　好評既刊

征馬孤影　田中芳樹
風塵乱舞　田中芳樹
王都奪還　田中芳樹
仮面兵団　田中芳樹
旌旗流転　田中芳樹
妖雲群行　田中芳樹
魔軍襲来　田中芳樹
暗黒神殿　田中芳樹
蛇王再臨　田中芳樹
天鳴地動　田中芳樹
戦旗不倒　田中芳樹
天涯無限　田中芳樹
白昼鬼語　谷崎潤一郎
ショートショート・マルシェ　田丸雅智
ショートショートBAR　田丸雅智
ショートショート列車　田丸雅智
おとぎカンパニー　田丸雅智

優しい死神の飼い方　知念実希人
屋上のテロリスト　知念実希人
黒猫の小夜曲　知念実希人
神のダイスを見上げて　知念実希人
娘に語る祖国　つかこうへい
或るエジプト十字架の謎　柄刀一
槐　月村了衛
インソムニア　辻寛之
エーテル5・0　辻寛之
ブラックリスト　辻寛之
レッドデータ　辻寛之
焼跡の二十面相　辻真先
サクラ咲く　辻村深月
クローバーナイト　辻村深月
みちづれはいても、ひとり　寺地はるな
正しい愛と理想の息子　寺地はるな
逢う時は死人　天藤真

アンチェルの蝶　遠田潤子
雪の鉄樹　遠田潤子
オブリヴィオン　遠田潤子
廃墟の白墨　遠田潤子
駅に泊まろう!　豊田巧
駅に泊まろう! コテージひらふの早春物語　豊田巧
駅に泊まろう! コテージひらふの短い夏　豊田巧
駅に泊まろう! コテージひらふの雪師走　豊田巧
隠蔽人類　鳥飼否宇
逃げる　永井するみ
にらみ　長岡弘樹
ニュータウンクロニクル　中澤日菜子
月夜に溺れる　長沢樹
万次郎茶屋　中島たい子
ぼくは落ち着きがない　長嶋有
霧島から来た刑事　永瀬隼介
海の上の美容室　仲野ワタリ

SCIS 科学犯罪捜査班　中村啓
SCIS 科学犯罪捜査班Ⅱ　中村啓
SCIS 科学犯罪捜査班Ⅲ　中村啓
SCIS 科学犯罪捜査班Ⅳ　中村啓
SCIS 科学犯罪捜査班Ⅴ　中村啓
SCIS 最先端科学犯罪捜査班SS Ⅰ　中村啓
スタート!　中山七里
秋山善吉工務店　中山七里
能面検事　中山七里
蒸発 新装版　夏樹静子
Wの悲劇 新装版　夏樹静子
誰知らぬ殺意　夏樹静子
いえない時間　夏樹静子
雨に消えて　夏樹静子
東京すみっこごはん　成田名璃子
東京すみっこごはん 雷親父とオムライス　成田名璃子
東京すみっこごはん 親子丼に愛を込めて　成田名璃子

光文社文庫　好評既刊

東京すみっこごはん　楓の味噌汁　成田名璃子
東京すみっこごはん　レシピノートは永遠に　成田名璃子
ベンチウォーマーズ　成田名璃子
アロの銃弾　鳴海章
体制の犬たち　鳴海章
不可触領域　鳴海章
帰郷　新津きよみ
父娘の絆　新津きよみ
彼女たちの事情　決定版　新津きよみ
ただいまつもとの事件簿　新津きよみ
死の花の咲く家　仁木悦子
しずく　西加奈子
寝台特急殺人事件　西村京太郎
終着駅殺人事件　西村京太郎
夜間飛行殺人事件　西村京太郎
夜行列車殺人事件　西村京太郎
北帰行殺人事件　西村京太郎

日本一周「旅号」殺人事件　西村京太郎
東北新幹線殺人事件　西村京太郎
京都感情旅行殺人事件　西村京太郎
つばさ111号の殺人　西村京太郎
知多半島殺人事件　西村京太郎
富士急行の女性客　西村京太郎
京都嵐電殺人事件　西村京太郎
十津川警部　帰郷・会津若松　西村京太郎
特急ワイドビューひだに乗り損ねた男　西村京太郎
祭りの果て、郡上八幡　西村京太郎
十津川警部　姫路・千姫殺人事件　西村京太郎
風の殺意・おわら風の盆　西村京太郎
マンション殺人　西村京太郎
十津川警部「荒城の月」殺人事件　西村京太郎
新・東京駅殺人事件　西村京太郎
祭ジャック・京都祇園祭　西村京太郎
消えた乗組員　新装版　西村京太郎